大切の人へ

船岡英《えい》穂《すい》
FUNAOKA Eisui

文芸社

もくじ

はじめに

「こんな子がふたり」、大都会の町の片隅に生きている。そして私に生きる力を与え続けてくれています。

この、こんな二人子のことを書き残しておきたいと思いました。

重度の障害を持つ娘、難病で十度余の開頭手術を受けなければならなかった息子。

幼かった故に意識せずして耐えてきたであろう、この子たちに成長過程の様々を語っておいてやりたい……。

ふとつぶやいた言葉や仕草に感動したこと、絶望感に苛まれながらものり越えてきた数々のことを。

息子・輝が満三歳からはじめた西国三十三ヵ所巡礼は十年の歳月をかけ、父の手に引かれ、歩きに歩いて、「結願の寺」岐阜県谷汲山華厳寺にたどりつきました。一ヵ所も欠かさずにです。

「こんな赤ちゃんみたいな子ォが登っていかはんねんで」

と、ゆく先々で会う巡礼の人たちから励ましの声をいただき、泣きそうになりながらも必死で本尊をめざしていたのでしょう。

赤ちゃんみたいな輝が目に浮かびます。

家計簿の隅っこの空き間に書き留めてきました。五十年間の内緒のメモ綴《つづ》りです。

忘れがたい五十余年の様々を、家計簿の隅に書き留めてきた、走り書きのメモ綴りを下敷にして書きはじめました。

雑誌や放送局に投稿し、載せていただいたものも一部あります。それらを合わせて一冊の本にまとめました（子どもたちの名前は仮名にしております）。

本書の仏像写真は、娘と息子の前途がそれなりに充実し、幸せに恵まれることを願いつつ、この子たちの父親が一心込めて彫った仏様です。

併せて見ていただけると嬉しいかぎりです。

十七歳のあなたへ

自分の体と同じくらいに大きい姉の由美を、顔を真っ赤にして、満身の力で「よいしょっ」と抱き上げたあなたは、小走りに診察室に駆け込んでいきました。

やせぎすの蚊とんぼのような、あなたのどこにそんなすごい力があったのか、と私は驚きました。抱かれる由美と抱えたあなた、その姿には一種の荘厳さが漂っていました。

ありがとう輝《てる》。よくここまで大きくなってくれました。

ひどい難産と核黄疸《かくおうだん》のため、重度の脳性マヒという障害児にしてしまった由美の三年後に、あなたは生まれてきました。

どうか健康な子をと、祈るような思いで待った毎日でしたが、予定日より四十日も早く、昭和四十四年七月に生まれてきたあなたは、二〇六〇グラムの小さな命でした。

低体重の未熟児で、そのうえ、ひどい痙攣《けいれん》を起こしていると聞いた時、（またおかしな子と違うやろうか）と、なにか嫌な予感に襲われたのを覚えています。

しかし三十日以上も保育器の中に入っていたあなたは、お医者さまや看護師さんの手厚い看護のおかげで元気になり、丸々と太って退院することができました。それは嫌な予感など払拭するような見事な成長ぶりでした。

姉の由美は、たった二、三〇ccのミルクを飲むにも三十分以上もかかりました。また、難産だったために吸引をかけての出産でしたから、その時に受けた頭の傷がひどく化膿し、血膿がいつも枕を汚していました。その傷が痛むのか、空腹なのか、一日中弱々しい声で泣き続け、夜もあまり眠りませんでした。一回に二、三〇ccの食欲では生きるのがやっとのありさまで、やせた体に目ばかり大きくって、痛々しいような赤ん坊でした。

それにひきかえ、あなたは信じられないくらいに食欲旺盛。一〇〇や一五〇ccぐらいのミルクを飲むのはあっという間で、桃色のすべすべした皮膚には弾力があり、手首や足首には輪が入って、目も鼻も丸っこくて、夜も気持ちよさそうにすやすやと眠っていました。目覚めるとオルゴールや、自分の指などを眺めて一人で遊んでいました。まるでキューピッドのようでした。

当然のことながら、障害を持つ由美とあなたの二人を育てるのは大変でした。二人分のおしめの洗濯、沐浴、授乳などの慣れない育児は私に息つく暇も与えません。スープやジユースなどを飲ませる時には、私の両脇に二人を寝転がせて、「いち、にい、いち、にい」なんてかけ声をかけながら、左右交互にスプーンを運びました。

しかし、どんなに疲れていても、睡眠不足でふらふらでも、やがて輝が大きくなってくれる、ほっと一息つける、そんな日が必ず来ると信じていましたから、由美一人の時よりむしろ張りのある日々でした。

分け隔てなく二人ともかわいいし、いとおしさに変わりはないけれども、あなたには未来がありました。


けれどもこのささやかな平安な日は、長く続きませんでした。

風邪を引いたあなたを、家庭医のK先生に診ていただいた時のことです。

「この子、ちょっと頭大きいのと違うかなぁ」

「頭が大きいって、先生？」

「うん、ちょっと普通より大きいように思う。しかし体も大きいからなぁ。まぁ、四ヵ月過ぎても首がすわらなかったらいっぺん検査をしてもらい」

と、おっしゃいました。その口ぶりから、なんとなく重大な病気だと察しました。

順調に育っているものとばかり思っていた私はびっくりしました。あなたを抱いて、はぁはぁと息を切らして家に帰りました。

(頭の大きくなる病気ってどんな病気やろ。そういえば生まれた時、痙攣を起こしていたっていうし、お乳を派手に吐いたこともあった。黒目をぐっと下のほうへ落として変な目つきもしたわ)

飛びつくようにして家庭医学書やら、百科事典、婦人雑誌の付録まで、片っぱしからページを繰りました。

「あった、あった、これやわ」

輝に当てはまる病気は「脳水腫」、または「水頭症」なのでした。読み進むうちに私の頭に血が上りました。

『脳脊髄液が脳室にたまってきたり、流れが悪いために、脳が中から圧迫されて頭の大きくなる病気』

難しい語句を羅列している書物もあったけれど、どの本にも、『頭が大きくなり、運動マヒを起こし、知能の発育が遅れる』という項は共通していました。写真入りで大きな頭を見せている本もありました。

運動マヒ、知能が遅れるって、由美と同じように重度の障害児になってしまうの？　こんなに元気に太って機嫌のいいあなたが、と信じられないまま、私は写真の大きな頭を眺めていました。

あなたの首は四ヵ月に入るとしっかりとし、体重も標準をはるかに超えていました。

K先生以外の小児科でも診察を受けましたが、

「お母さんの思い過ごしです。発育も正常だし機嫌もいいし……」

と、一笑に付されました。

けれど、あれ以来毎日測り続けていた頭囲が、生後九ヵ月に五十一センチとなり、標準より六センチもオーバーしていましたから、とにかく一度、大病院で検査をすることにしました。

レントゲン撮影、眼底検査、脳波検査、それぞれ念には念を入れてと、数日に分けて二つの病院での検査でしたから、由美と二人分のおしめ、哺乳びんを持っての病院通いも大変でした。

脳波、眼底検査とも異常はなかったのですが、K病院脳外科のF先生は、

「やはり頭が大きすぎるようです。脳水腫の疑いがあるので、入院して精密検査をするように」

とおっしゃいました。

当時、F先生はまだ三十代のさっそうとした脳外科医でした。今は髪に白いものがまじり、柔和になられて、十七年の月日の流れをしみじみ感じます。

あなたもよく知っているK病院の脳神経外科は三階でした。エレベーターをおりると、ホールの右手にその部屋はありました。

ドアを開け、足を踏み入れた途端、巨大な頭の男の子が、ベッドの端にふわりと腰かけているのがぱっと目に飛び込んできて立ちすくみました。常人の倍もあろうかと思われるような大きな頭でした。

その子はやせ細った蒼黒《あお》い体を付き添いに支えられて、ベッドの柵を握ってかろうじて座っていました。私は落っことしそうになったあなたを抱き直し、深々と頭を下げました。

生まれて初めて現実に見た、脳水腫の患者でした。

落ち着いてからよく見ると、入口に近いベッドにもう一人、大きな頭の赤ちゃんが身動きもしないで眠っていました。生後四、五ヵ月ぐらいでしょうか、やはり頭頂部が異様に大きく、緊張しきってはじけそうな額に、青い静脈が二本浮き出ていました。その頭の大きさに反して顔が細く、特に顎はみじめなくらいに小さく、逆三角形そのものの、扇を開いたような形でした。土灰色の顔は、苦労をし尽くした老人のようでした。

家庭医のK先生から、あなたの頭が大きい、特に額が長すぎるようだと言われた時から、私は本を繰って「脳水腫」という項目を何回読んだことでしょう。だが、読むのと、今、目の当たりにするのとでは、まさに大違い。その頭の格好と巨大さは、私の想像をはるかに超えていました。神様はなんとむごいことをなさるのかと、胸がつぶれました。

その夜、私は彼らを盗み見しながら、あなたの頭があんなでなくてよかったと、胸をなでおろさずにはいられませんでした。もし、あなたの頭があんなに大きかったら、連れていっしょに歩けたでしょうか。私にはとてもそんな勇気はありません。

あなたもあんなになるのだろうか。おばあちゃんに預けた由美はどうしているかしらと、かたく狭い畳ベッドの上で、私は悶々としていました。

脳神経外科の中でたった一つ、子どもばかりのこの病室に六人が入院していました。

この子らの瞳の色は深く重く、なにかもの思わし気で、長距離を走る途上のエチオピアのアベベ選手（マラソンのゴールドメダリスト）の、あの目のようでした。

「ここにいた脳水腫の子ね、二年間に八回も手術しているの。退院してもいつ管が詰まるか分からへんし、生きている限り手術はせんならんしね」

「頭を絶対打たせたらあかんのよ。ちょっとしたことで人工管が詰まるから、まるで爆弾を抱えているような毎日よ」

「何回も入退院でしょう。治る見込みもないし、いっそ死んでくれたほうが……」

と、付き添いのお母様の、体験を通したそれぞれの言葉は重く、難病に指定されるだけのやっかいな病気だと、あらためて知りました。


当時はＣＴスキャン（コンピューター断層撮影）などありませんでしたから、精密検査は脳血管撮影という、手術と同じように麻酔をかけて行う検査でした。

そしてその結果はまぎれもなく、脳水腫でした。

「脳室にたまった水が脳を圧迫して、脳が薄くなってしまっています。慣れてしまっているので外見は元気そうですが、この部屋の中でもいちばん重症です」

と、先生はおっしゃいました。とっさにあの巨大な頭が、次いで、由美とあなたを連れ、髪振り乱し右往左往している私の未来図が脳裏をよぎりました。

こうしているうちにも脳内のたまった水が、あなたのやわらかい頭骨をぐいぐい押し広げて、福助人形のようになってしまうのではないか。そして一生、垂れ流しの生活を送らねばならないのではないか。

「重症です」という先生のひと言は、私にとって受け止めることのできないくらいの衝撃でした。

「脳水腫の手術は、なんらかの原因によって、癒着しているか、ふさがってしまっている管を人工管に入れ替えて、脳脊髄液を脳室から腹腔に導くようにするんです。人工管は皮下に埋め込みます」

先生の説明は続きました。私はあなたを抱いて、懸命に冷静を装って聞いていました。

「この細い人工の管は、具合が悪くなり、詰まることがあります。管が詰まるとたまった脊髄液は脳を圧迫して、嘔吐、頭痛、意識不明などの脳障害が出て、放置すれば、死に至ります。また、その子どもに合った管を入れますので、身長が伸びるたびに、この手術をしなければなりません」

昭和四十五年五月の初旬。生後十ヵ月、やっとつかまり立ちができるようになったあなたは、初めての手術をしました。

三時間半の手術が無事終わり、担送車で病室に戻ってきたあなたの足には副木が当てられ、点滴の針がくい込み、鼻にはチューブが入っていました。麻酔が切れかけたのでしょうか、目をうつろに開き、ふわーっと周りを見渡して、力なく閉じられました。

そんなことを二、三度、繰り返し、宙を泳いだ目がしっかりと私をとらえました。「ママー」と言ったような気がしました。

私はあなたに飛びついて、足元にすがりました。あの点滴の針がくい込んで血のにじんだ足や、包帯でぐるぐる巻きにされた頭を見ていて、怒りともなんとも、名状しがたい感情が噴き上がりました。


一ヵ月の入院生活を終えて、ともかくも元の家族四人で暮らせるようになりましたが、あなたは歩行器の中に入って狭い部屋の中を走り回り、部屋の段差をそのまま突っ走っては転び、つかまり立ちをしては転んで、よく頭を打ちました。ひどく打ちつけたあとは、蒼白になって吐きました。そのつど、心配のあまり若かった私は金切り声を上げて、あなたを叩きました。元気をとり戻さない時は、入院の用意をしてK病院まで走りました。いつも、もう二度と頭を打たすまいと背中にくくりつけておくのですが、ちょっと油断したすきにまたやってしまう。少し頭が大きかったからすぐ転倒して、頭ばかり強打しました。

由美は由美でよく発作を起こし、そのたびに重体に陥りました。白目をむき、口をゆがめて、手足をねじり全身を波打たせる、地獄さながらの形相です。この発作が長い時で、四、五十分も続いたでしょうか。お医者さまは、大発作と言われました。

発作の後は、一日中、体中の水分がなくなってしまうまで吐きます。意識のないまま酸素テントの中で弱々しく首を左右に振り続ける由美に、(死んだらあかんよ。絶対に、今死んでしもうたらあんた、なんのために生まれてきたんか分からへん。死なんといて……)と、心の中で叫びます。

手術後でまだ包帯のとれないあなたを連れ、由美を受け入れてくれる病院を探して、深夜の街を家族四人で走り回ったこともありました。

お父さんは、あなたも知っているように、ずっと会社が忙しく、そのうえ、亭主関白を絵に描《か》いたような人でしたから、自分の帰宅時間には、たとえ夜の夜中でも寝ぼけ眼で迎えることを許しませんでした。そのことで何度、言い争ったことでしょう。「疲れて眠っていた」という言いわけは通らなかったから、いつも熟睡するということがありませんでした。

いつも睡眠不足で頭が重かった。食べなくたっていいから、一生眠りこけていたいというのが、あのころの私の夢でした。

そんな生活だったから、由美もあなたも手抜き育児で大きくなってくれました。あなたたちを育てる過程で、もっと工夫とか、方法があったのじゃなかったかしらと済まなく思っています。大声で叱りとばし、時には打ちすえて、がむしゃらに走ってきました。

甘えたい盛りのあなたは、

「お姉ちゃんばっかりかわいがって、僕、いっこもかわいがってくれへん」

とよく言いました。本当に私は手が四つ欲しかった。

ミルクを飲ませるにも、あなたにはバスタオルをくるくる巻き、ほどよい高さにして瓶をもたせかけ、寝ている口元近くに置いてやると、横向きになり、こころもち顎を突き出すようにしてじょうずに飲んでいました。

由美の場合はそうはいきませんでした。

脳性マヒ独特の嚥下力《えんげりょく》（飲み下す力）がなかったから、流動食や水を飲ませるにも、細心の注意が必要でした。すぐむせたり、のどに詰まらせたり、一膳のおかゆを食べさせるのにも長い時間がかかりましたから、つい、あなたをほっぽらかすということになるのです。


でも一時期、由美を放って、あなたにつきっきりということもありました。

あなたの発育が少し遅れ気味だったのを、助言していただこうと児童相談所を訪ねたことがありました。

その時、ケースワーカーの先生方は、由美やあなたのことを心配してくださって、

「二、三歳は脳の発達に一番大切な時だから、由美ちゃんを一時施設に預けても、輝くんの教育に専念されたほうがよいですよ。それが長い目で見れば、由美ちゃんのためでもありますし」

と言われました。

社会性を養い、輝の脳に未知のものをいっぱいに詰め込んでやらねばならない。それが知能発達を促す最良の方法だと、口を揃えて強調されました。

あちこち手を尽くしてみましたが、困ったことに由美を受け入れてくださる人も、施設もありませんでした。あまりにもひ弱で壊れそうな子でしたから、環境に適応できないということで、どこも後込《しりご》みされるのでした。

私は、そこら中を這い回り悪さをする由美に危険のないようにして、あなたを外に連れ出しました。

あなたの漕ぐ三輪車の後を追いかけました。スーパーマーケット、遊園地にも行きました。バスにも乗せました。短時間で往復できるところは、どこにでも行きました。

肌寒い夕方、あなたを追い立て、手を引きずるようにして帰ると、由美は玄関の三和土《たたき》まで下りてきて、コンクリートの床で泣き叫んでいました。

ある日は布団から出てしまって、下半身ぐっしょり濡れて、薄暗がりの部屋の中に氷のように冷たくなって転がっていました。待ちくたびれて泣き疲れ、鼻汁だらけの顔や手を紫色にして、破れた雑誌の切れ端を握り締め、紙くずの中でぼろのように眠っていたこともありました。

社会性を養い発達を促す、そのために目の離せない由美をひとり家に置いて、あなたを叱りとばし、なにかにとりつかれたように駆け回っていました。なにがなんでも、あなたを人並みにしたいという一念に燃えていました。

お父さんも、これにはわりあい協力的で、休日には車でよく遠出しました。しかし、四人揃って外出できたのも、このころまででした。


それにしてもあなたも由美も、よく病気や怪我をしました。

あなたは風邪を引くと、喘息《ぜんそく》性気管支炎の発作が出ました。背中をせわしく動かして、肩でゼイゼイ呼吸をします。ひゅうーひゅうーと笛のような音がして、発作の時は一晩中眠りませんでした。

由美はというと、腕を前に出して、ちょうどカエルのように座ります。そして弾みをつけては、ドーッとあおむけに倒れてしまいます。もろに転倒するものですから、家具や柱に頭や顔をぶっつけて血を流していることがありました。それでも懲りもせず、汗びっしょりになりながら懸命に座ろうとして、同じ動作を繰り返すのが憐れでした。

虚弱なうえ、頭が大きく運動神経の鈍かったあなたはよく仲間はずれにされ、いじめられて泣いて帰ってきました。

あの日もまたいつものように、遊んでもらえず、家に駆け込んできたあなたは、玄関のドアを閉めるや、足で床を激しく蹴りながら、全身で泣きました。それはまるで、はらわたがちぎれるような悲痛な声でした。あなたの、身も世もなく悲しむのを見ているのは、つらいのと同時に、ふがいない、男の子のくせにと腹立たしくもありました。

「いつもいつも仲間はずれにされて、情けない子やね。お母さんはそんな弱虫な輝、見たくもない。あんたはお母さんの子やない。さあ、これでお姉ちゃんと三人で死のう」

死のう、三人でと、細身の柳刃の包丁を手にして私はわめきました。

突然、はたと泣きやんだあなたは、ぱっと立ち上がり、はじけるように飛びのき、まじまじと私の顔を見つめ、あとずさりしました。

「仲間はずれにされるのは、輝も悪いからじゃないの。わがまま言うているのと違うの」

と、いつも私はたしなめてきました。そのたびにあなたは口惜しそうに、

「ううん僕、なにもせえへんのに、なにも言えへんのに、みんなが僕を……」

いじめると言いました。唯一の味方であるはずの私に信じてもらえなかったあなたは、

どんなに傷ついたことでしょう。

死のうと、ひどく叱ったあの日以来、あなたは決して泣いて帰ってきませんでした。仲間はずれにされるとすごい勢いで飛んで帰り、私を見ると、泣き笑いの表情になり、ひざを抱いてテレビをじっと見ていました。それに飽きるとベランダに出て、じっとあたりの景色を眺めていましたね。

あなたの頼りなげな後ろ姿に、炊事の水を流しながら、あの時、私も泣いていました。

団地の四階から眺めた、六甲の山並みや夕やみの風景。

この大きな自然の営みからすれば、たかが人の一生など、瞬く間のちっぽけなものではないか。泣いてもわめいても誰にも肩代わりしてもらえないのなら、自分で歩くしかない。ともかく生きてみよう。この子らと一緒に。

私はくずおれそうになる自分に、そう言い聞かせていました。


あなたは生後十ヵ月、四歳、十一歳と、三度の手術をしています。

由美のも含めて、それぞれに入院時のことは鮮明に記憶に残っています。

四歳の時は私が肋膜炎の最中で、熱を注射で散らせての付き添いでした。

八月の暑い盛りで、小さな扇風機を足元に回してしのぎました。あなたは、「痛いよう、痛いよう」ってずっと泣いていました。

三度目の手術は、大阪郊外の現在の家に移り、あなたがこの土地の小学校に転校した直後のことでした。

私は引っ越しの後片づけや雑用に追われていました。

「鉛筆持っても力が入れへんから、字が書かれへんし、頭がぼーっとする」

あなたはそう訴えていました。これまでにもこのようなことはよくあり、結果的には大事に至らなかったので、一過性のものだろうぐらいに軽く考え、私は学校も休ませませんでした。そのうちにあなたの容体は悪くなっていき、救急車で入院しましたね。

運悪く、主治医のF先生は島根の大学に転勤され、そのうえ、五月の連休の初日だったため、連休明けまであなたは放置されました。

時折、看護師さんが来られ、頭痛止めの飲み薬や座薬を置いていかれます。しかしあなたはどんどん悪くなっていきました。

二度ほどあなたを覗きに来た若い当直医は、あなたの耳の後ろに埋め込んだ管の先を指で押して、

「おかしいなあ、おかしいなあ。弾力があるから、水は通っていると思うんだけど」

と、「おかしい」を連発するばかりでした。

そのうち、あなたの黒目はひどく内に寄ってしまい（内斜視）、ひどい嘔吐を続け、胃液までを吐き続け、目が見えなくなって、

「お母さん、お母さんどこにいるん」

と手探りで私を探しながら、意識を失くしていきました。お父さんと私は、息の詰まる思いでそんなあなたを見ていました。

連休明けの朝、N先生があなたの病室に駆け込んでこられ、

「あっ、これは」

と絶句され、とても厳しい表情で、

「お父さん、お母さんは外で待っていてください。すぐここで水を抜きますから」

先生の指示で、あなたはすぐ詰所の前の個室に移されました。看護師さんたちの出入りが激しくなり、医療機器が運び込まれました。夜を徹して、あなたの部屋には緊迫感が漂っていました。

「もう手遅れかもしれへんわ」

今度こそだめかもしれない、そんな不安の次々に湧き上がってくる中で、私たちは病院の廊下の長椅子に寂然と座り、夜明けを待っていました。

小柄で華奢なN先生は、一昼夜不眠不休であなたの頭の水を抜いてくださり、

「午後から輝くんの手術です。大丈夫ですよ」

と疲れも見せず、血色のよい顔で微笑されました。

その力強いひと言は、萎えてしまいそうな私たちの心に、どれほど大きな救いとなったかしれません。

手術が終わり、広い集中治療室の中で、一足先にお父さんと私はあなたを待っていました。対面のドアが開き、ベッドに横たわったあなたが運ばれてきました。

「お母さんよ、分かる？　お父さんも、分かる？」

手を握り締めて聞く私に、あなたはかすかにうなずきました。

「よう頑張ったなあ……」

四時間の手術に耐え、あなたは私たちの手元に帰ってきてくれました。

ひどい内斜視も癒え、目もよくなりましたが、耳鳴りがひどく眠れない日が続きました。

そんな時、お見舞いに来てくれた友達が、飛んだり跳ねたりしながら帰っていくのを見送ったあなたは、ぽつんと言いました。

「僕は犬になりたいよ。犬にはこんな病気、ないんやろ」

「輝ちゃん、犬にだって病気はあるのよ。生き物にはみんなね。人間は生き物の中では一番えらいんやから、人間のほうがええに決まっているよ」

あなたは子どものくせに、深いため息をつきました。


退院して三週間ぐらい家で過ごしましたが、体調はさっぱりでした。

しかし、

「遅れた分、取り戻さな」

と言って、あなたは片道一キロの道のりを登校し始めました。頭には包帯を巻き、痩せて手足と首のやけに長い体、ランドセルを背負って、ひょろりと歩くあなたには鬼気迫るものがありました。

「遅れた分取り戻す」というのはそのまま、お父さんがあなたに言い聞かせた言葉なのです。いつも気を遣って、無理をしてかわいそうにと、私はただ一日の無事を祈りました。

通学を始めたものの、一週間のうち半分は休んでいました。相変わらずの頭痛、目まい、吐き気は容赦なくあなたを襲います。

診察の結果、最悪の場合は再手術をしなければならないと言われました。

あなたは青い顔をしてうつ伏せになり、不安げに、

「お母さん、僕死ぬんと違うか。なんか死ぬような気がするよ」

なんて心細いことを言います。

めっきり大きくなった体で部屋の中を這いずり回る由美と、死ぬような気がすると言うあなたと。いとおしくて情けなくって、三人で声を上げて泣きました。

あなたを励まし、入院の準備をして詳細な診察を受けた結果、脳外科部長のK先生は、

「輝くん、もう手術せんでいいよ。よかったなぁ」

そう、はっきり言ってくださいました。

えっ、と何かきつねにつままれたような気がして、ぽかんとしました。それから三人で跳び上がりましたね。あの帰途のうれしかったこと。あなたも私も饒舌になって、車中でしゃべり続けていました。

その後、長い時間をかけ、あなたは徐々に健康を取り戻していきました。

あの秋（五年生）の運動会の徒競走で、あなたは初めて二等になりました。

スポーツは不得手、特に駆けっこはいつもビリばかりで、人より五、六メートルも遅れてよたよたとゴールに入っていましたから、いったい誰に似たのかと、いつもがっかりしていました。

だからあの日も、

「走るとこ見たらあかんで」

と、念を押されていたのを、人垣から隠れるようにして覗いていました。

スタートの合図で飛び出したあなたの顔は苦しそうにゆがんで、まるで泣いているようでした。しかし直線コースをトップで走ってきたあなたは、カーブで競り合い、惜しくも抜かれて、二着でゴールに入りました。

すかさず二人の男の先生が駆け寄っていかれ、あなたの肩を抱くようにされました。深くうなずくあなたが、人影から見えました。

「ようやったなあ、えらかったなあ言うて、先生ほめてくれはったんや」

開口一番、うれしそうに話してくれました。

驚くほど足の速くなったあなたは、その後はずっとリレーの選手として活躍しました。二〇〇や四〇〇メートルのトラックを、風を切って走るあなた。輝いていました。

私たちの厳しいしつけと重い期待に耐えて、あなたは健常児としての扱いを受け、小学校を卒業することができました。

忘れもしません。卒業式の日は、薄曇りの肌寒い日でした。あなたはブレザーの着用を嫌がり、自分で選んだモスグリーンのセーターに同色のズボン、グリーンと白の格子のシャツブラウスを襟から出していました。一六五センチの長身が、ひときわ目立ちました。式典が始まって名前を呼ばれたあなたは、しっかりとした声で返答し、壇上で証書をいただきました。

あなたは運動会と修学旅行には無理をして、かろうじて参加できたけれど、あとはいっさい不参加でした。親子ハイキングなんて、わが家にとっては夢のまた夢でしたもの。そのうえ転校生だったから、いやなこともあったはずなのに、けっして泣き言は言わなかった。いつも学校から帰ると犬のクロの背中をなでながら、ハーモニカを吹いていたでしょう。また一人なんだなあと、私には分かりました。

由美の卒業の時は、団地の部屋で私が祝ってやりました。

「由美ちゃん、よう頑張りました。えらかったですね」

ふざけて歌うように言う私に、由美は、にこにこと笑いかけました。後日、籍だけ置いておいた小学校へ証書を受け取りにいきました。

校長、担任の先生は、

「ご苦労さまでした。これはお母さんに差し上げるのですよ。どうぞ強く生きてください」

とおっしゃいました。私は由美のかわりに両手を差し出して、証書をいただきました。

由美にとっては紙きれ同然の、なんの価値もないものです。深く頭をたれながら、私は、スポットライトを浴びることや、晴れがましい席に出ることなど生涯ない由美を思い、涙があふれました。

あなたの式に列席し、式辞を聞きながら過去のさまざまなことが私の胸を去来しました。去っていくあなたたちに、父兄の拍手は惜しみなく続きます。最後に、松葉づえをついた女生徒のMさんが、泣きじゃくるお母様に付き添われ、ひときわ高まった拍手鳴りやまぬ中、ゆっくりと講堂を後にされました。

私は一滴の涙もこぼさず、拍手をし続けていました。

「僕も由美も、早うこの世から消えたほうがええのと違うか。そしたらお母さん楽になるやろ」

「そんなこと言うもんやないよ。お母さんは輝と由美がいてくれるから……」

言葉に詰まって、私は黙りました。

宿病《しゅくびょう》に耐えて黙々と生きている由美とあなたから、本当に多くのものを学びました。

いつの日か、由美や、あなたが来し方を振り返った時、由美は由美なりに、楽しかった、幸せであった、と思える日をできるだけたくさん作っておいてやりたい。それが私の償いでもあるし、心からの願いでもあるのです。


今も由美は一日中、茶の間を這いずり回っています。ちょっと手を抜き不潔になると、悪臭を放ちます。

いつも不自由なねじれ曲がった指で雑誌をめくり、外出といえば病院に通う時だけ。夜になれば部屋の隅に置いてある布団の上へはって戻り、眠ります。

水さえもじょうずに飲み下せないから、食事の時は大騒ぎです。それでも、たとえ口内炎で口が赤くふくれ上がっても懸命に食べるでしょう。何度も危篤に陥りながら驚くほどの生命力と、なにか大いなるものに守られて、今まで長らえてきました。由美はもうすぐ二十歳です。

もうここまできたのですから、一〇〇歳までも生かしてやりたい。由美にとっては迷惑なことかもしれないけれど。

あなたは、そんな由美を見て育ちました。あなた自身の三度の手術。学業についていけず、落ちこぼれかけたこともありました。いじめにもあいました。お父さんと私の、犬も食わない大げんかにも巻き込まれました。すごい修羅場をくぐり、よく生きてくれました。まったく教育評論家が聞けば、気絶しそうな環境です。

輝、十七歳。高校二年生。

地図を見ることが大好きで、目をつむっていても、韓国や中国、東京のどこになにがあるか分かると言います。推理小説、特に松本清張、森村誠一の大ファンで、音楽を愛《め》で、動物をこよなく愛する若者です。

「誠実で、こつこつとよく努力します。このままで行けば、推薦入学も可能ですよ」

大学受験を目ざして勉強に励むあなたに、担任の先生はおっしゃいました。こんな大きな褒美をあなたにいただけるなんて、夢のようです。

これはだれも恨まずけなげに頑張ったあなたへの、神からの贈り物ですね、きっと。無念としかいいようのない由美の分まで、思いっきり生きてください。

この春先から、あなたは、

「お医者さんに行く時は、できるだけ由美は俺が抱くから」

と言い、由美を抱き上げる練習をしていました。緊張してこちこちに突っ張る由美を、

「ああ、めっちゃ重いなあ」などと苦笑しつつ。

身長一七四センチ、体重五十キロのあなたが、一六〇センチで四十キロ近い、緊張の激しい由美をかつぐのは大変なことだし、あなたは手の脱力を訴えることがあったから、正直言ってとても無理だと思っていたのです。が、いろいろと工夫して、あの日、とうとう由美を抱えて診察室まで運んでくれました。

ありがとう、輝。

秋の兆しのいわし雲が、さざ波のように広がり、垣根の竹の葉が夕風にさわさわと鳴って、いま、私はあなたへのつたない手紙を書き終えました。

昭和六十一年記

(『主婦の友』昭和六十二年二月号　一〇二～一一〇頁　投稿作品より一部改訂)

子育て記

私は一週間に一度、重症心身障害者施設K療育園に通ってくる。ここにお世話になって九年になる三十歳の娘、由美に会うために。

療育園のレンガ造りの大門をくぐると、病棟の玄関の車寄せまで五、六〇〇メートルほどのなだらかな坂道が続く。道の両脇には四季折々に花が咲き乱れ、往き帰りにこの女坂を歩く時、まるで哲学者のようにあれこれ想う。

娘は五階のB棟にいる。渡り廊下を通り抜け、病棟の厚いドアを開けると、広い廊下を挟んで左側に病室が六つ。右側にはリネン室やダイニング、浴室、洗面所、トイレット。それに十六畳ほどの和室がしつらえられて、一番奥の端に七十畳ほどもある大広間（プレイルーム）が続き、その真ん前がナースステーションとなっている。

B棟の五十名の障害者は、たいてい昼間、この大広間で過ごす。

ゴロリと寝ころんだり、うで立て伏せのような姿勢で天井を仰いだり、おもちゃの取り合いをして大泣きをしていたり、その喧騒の中で気持ちよさそうに、寝息を立てている子がいたりして。その間をぬって、ピンクの上衣とスラックスを着た職員の人たちが忙しく立ち働く。

初めて入園するための娘を連れて、この病室のドアを開けた時。きつい消毒液と糞尿、食物の入り交じった臭いがツーンと鼻をつき、そこここでうずくまる障害者たちにたじろいだものだった。

今では、物覚えの悪い私が、一人一人の顔や愛称、居場所なども覚えてしまっている。それぞれに障害という重荷や、それに伴い派生してくる小付《こづ》けを背負いながら懸命に生きている彼らに、自分の生き方を問われているような気がしている。

四苦という大いなる言葉また想ふ

重度施設に子を訪ねきて

ひどい難産と重い黄疸のため、脳性小児マヒにしてしまった長女に次いで、三年後に未熟児で生まれてきた長男も、生後十ヵ月に水頭症と診断を下されてから二十六年になる。

あの時、三十歳の私は長男を抱きしめて、若い主治医の絶望的な宣告を聞いた。

「重症です。すぐ人工管の埋め込み手術をします」

瞬間、家で待つ娘の顔が浮かんだ。誰に面倒を見てもらうか？　三歳を過ぎても首がすわらず、おしめの取れない、痩せて大きな目をした娘は、ちょっとした物音にもおびえ、片時も私から離れようとはしない。

脳性小児マヒ特有の嚥下力がなかったから、ミキサーにかけた流動食かミルクしかとれなくて、仰向けに寝かせて、一さじ一さじ口に入れてやるのだが、上手に飲み下せず、むせて噴水のように吹き出してしまう。三、四十分かけて食べさせるのだが、発育も遅れ、今にも壊れそうだった。

主治医《せんせい》の人工管埋め込み手術の簡単な手順と説明を、取り乱すまいと、また一言一句聞き逃すまいと必死だった。

水頭症とは、脳脊髄液《のうせきずいえき》が脳内に溜まってきたり、流れが悪いために、脳が中から圧迫されて頭の大きくなる病気で、たいていは、運動マヒを伴い、知能が遅れるという。

手術は、なんらかの原因によって癒着しているか、ふさがってしまっている管を人工管に入れ替えて、脳脊髄液を腹腔に導く。管は皮下に埋め込むと聞いた。

「脳性小児マヒと水頭症。二人も抱えて、いったいどうせえいうねん、神さんは」

毒づきながらでも死ぬこともできなくて、きりきり舞いする私に、「絶望からはなにも生まれてこない」とか、「神は耐えうる人にのみ辛酸を与える」とか、「朝の来ない夜はない」とか、なぐさめようもなく人はそう私に言ってくれたが、その言葉の意味を噛みしめようともせず、辛く孤独な子育ての日々が始まった。

癒ゆることなき吾子二人胸に抱き
死思ふ夜を荒ぶ木枯し

障害児を抱える親は、みな一様にひたむきで健気だ。とりわけ母親は、子どもの将来の自立を願って身を削る。

一昨日も昨日も、車椅子に乗せたYちゃんを、ひと駅離れた作業所まで汗をふきふき送り届けるお母さんと出会ったし、大きな体の知的障害の息子さんの腕をぎゅっとにぎって、定期送迎バス停まで同行されるSさんにもよくお目にかかる。

娘を施設に託してしまった私にはその姿は神々しくて、しばらく立ち止まって見送る。

そして私が二人の子どもにしてやったことはなんだったろうと、少し恥ずかしい。

企業戦士で性格が激しく、早朝に出勤し、深夜に疲れて帰宅する夫の世話は、二人の子どもの育児に費やす時間よりも神経を遣った。

夫が帰宅するまでに二人の授乳から入浴の世話、家事のすべてを済ませておくのがきまりとなっていた。

そのうえ、子どもたちは虚弱でいつもどこかを病んでいたから、看病も加わった家事に忙殺されて、いつも私は苛立っていた。

息子の輝は小児喘息《しょうにぜんそく》で、発作の時はゼイゼイヒューヒューと背中を波打たせて喘ぎ、壁にもたれて一晩中眠れなかった。

娘の由美はちょっとした刺激が誘因となって（たとえば便秘、過食、睡眠不足などで）大発作を起こした。そんな時は獣のような唸り声をあげ、全身をよじり激しく震撼させる。発作は四、五十分も続き、意識が戻らぬまま救急車でたびたび入院した。医師は大発作と言い、

「心臓が丈夫やから持つんやね、普通やったらもう……」

と、いつもそう言って処置をしてくださった。

輝は生後九ヵ月で初回の人工管埋め込み手術をした後、少し遅れながらも確実に成長していった。

忘れもしない、生後一年三ヵ月に入ったある夕方、疲れた私は居間で横臥していた。足を投げ出し積木で遊んでいた輝は這ってきて、私の脇腹に両手を置き、つっぱるように力を入れて立ち上がった。一、二秒じっとしていたが思い切ったように手を離すと、ひょっひょっひょっと部屋を斜めに横切っていった。三メートルは歩いただろうか。

思わず目をこすった私は跳ね起きて、左右に二人を抱き上げ、

「歩けたん？　歩いたよ、輝くんが」

と悲鳴のような大声をあげていた。

当時、輝と同じ病室にいた六人の水頭症の子どもたちはみな発育・知能が遅滞し、ひと言もしゃべれず、歩けなかった。脊髄液が脳を圧迫して頭骨が押し拡げられているので、頭囲は五歳なのに六十センチにもなっていると、付き添いのお母さんはおっしゃっていた。

その巨大としか言いようのない頭のK君の深い目をただ痛ましく眺め、息子の輝もやがてこの子らのようになるのかと、半ば覚悟をしてきたから、K君のことを思いつつも、輝

が歩けたことはうれしかった。

輝が二、三歳の頃、助言していただこうと訪ねた児童相談所の先生たちは、二人の子どものことを大変心配してくださり、

「このまま輝くんを家に閉じ込めておけば、ますます遅れてしまいます。今、脳の発達に一番大切な時だから、外に連れ出して遊ばせ、社会性を養って、未知のものに触れさせてあげてください。それが長い目で見れば、由美ちゃんのためでもありますし」

と口を揃えて強調された。

あちこち手を尽くしたが、見るからにひ弱そうな娘は環境に適応できそうもないと、どこも後込みされたから、部屋中を這い回り、悪さをする娘に危険のないようにして、輝を外に連れ出すのが日課となった。

午後から夕方までの半日を、スーパーや遊園地、デパート、動物園などバスや電車を乗り継いで歩き回った。

夕方、遊びに夢中で帰りたがらない輝の手を引きずるようにして帰ってくると、由美は玄関の三和土《たたき》まで下りてきて、コンクリートの床で泣き叫んでいた。

ある時は下半身をぐっしょり濡らして、うす暗い部屋の中で転がっていたり、引っぱり出してきた新聞紙や雑誌の紙くずの中で眠っていたこともあった。

おぼつかない成長ぶりの息子に希望を託す夫と私の期待は大きく、この子を人並みにしたいという一念に燃えていた。

文字は積木などのおもちゃでその形を記憶するのだろうか、ろくにしゃべれないうちから覚えて、看板や駅名など大声で読んだ。

また彼は極端に少食だったので、食事の時、

「そんなに食べへんかったら死んでしまうよ」

ついそう言って脅してしまう。そうしたら輝は、

「死ぬってなに？　どんなこと？」

と真剣に聞くので、

「死ぬいうことは、お父さんもお母さんも由美ちゃんも、だあれもいてへん遠いとこへ、たった一人でいってしまうことよ」

と教えたら、数日後、書棚から絵本や写真集などを引っぱり出してきて、やたらと長いこと眺めていた輝は、落日のしじまに包まれた湖畔の風景写真を私に示し、

「死ぬいうたら、こんなことか？　こんなところ、トボトボ行くのんか、お母さん……」

トボトボなんてどこで聞いてきたのか、そう言って私を苦笑させた。

このように子育ては、この子らなりの可能性を認識させてくれたり、思いがけぬ発見もあったりして、楽しいことも一杯あった。


輝が三年保育に通い出す頃には、私が買い忘れた日用品や小物などを補助付き自転車に乗って買いに走ってくれたし、疲れた時など、「輝ちゃん、頼む」と言うと、「お母さんバタンやな」と言って、十分間の仮眠をとる間、由美を静かに遊ばせてくれる。

絵本を読んでやったり、おやつを小さくちぎって器用に食べさせたりしてめんどうをみてくれた。私にとって輝はなくてはならない働き手、小さな相棒だった。

輝自身はいつも、なにをしてもらうにも後回しにされる。

「ちょっと待って、お父さんとお姉ちゃんの用事がすんでから」と、なかなか順番がまわって来ない。甘えたい盛りの彼はよく、

「お姉ちゃんばっかかわいがってボク、いっこもかわいがってくれへん」

とか、

「ボクとお姉ちゃんと、どっちがかわいいのん、ねぇどっち？」

と、いつになく真剣に詰め寄ったのもこの頃だった。

自らも篤き病をおいし子が
　まひ持つ姉に絵本くりおり

輝の成長に伴い、短くなり、機能しなくなった人工管入れ替えの開頭手術を四歳の夏に受け、十一歳で三度目の同じ手術を済ませた。

転校してひどいいじめにもあって、紆余曲折はあったが、中学を無事卒業した彼は地元の普通高校へ入学した。

塾にも行かず、家の手伝いは風呂場磨きから、私が外出する時の由美の食事、見守りを引き受けて十分にやってくれた。高校に進学した彼を、私は誇りに思った。

入学と同時に進路を小さい時からの夢であった大学進学と決め、いつも深夜まで勉強をしていた。

ある日、学校から息をはずませて帰宅した彼は開口一番、

「オレ、推薦入学させてくれはるんやて。三流の大学やけどな」

と言うや、ヤッター、ヤッターと、両手を翼にして飛行機を真似て舞った。無口で感情をあらわにしない輝がこんなにも喜んだのは、後にも先にも見たことがない。

「あんたは本当に泣《な》き言《ごと》いわんと頑張ったもん。誰かがじっと見てて褒美くれはったんよ、えらかったね」

私はしんみりとそう言った。

手術後、包帯でグルグル巻きの頭をし、痩せて首と手足のやけに長い体にランドセルを背負って、大儀そうに登校していったことも、「遅れた分、取り返さなあかん……」と、玄関で靴を履きながら自分に言い聞かせるようにしていたことも忘れない。

大阪市内の学校から府下の小学校に転校した直後の再発だったから、まだ誰も友達はいなくて、片道一キロの道のりを休まずに通う輝に一日の無事を祈るほかなかった。

こんなこともあった。頭が普通より少し大きく、走ることが苦手で、鈍くさかった輝は、小さい時からよく仲間はずれにされ、いじめられて泣いて帰ってきた。私はそんな輝がはがゆくてならず、ある時、

「いつも泣かされてばっかりで情けない子やねっ、弱虫。そんな子は、お母さんの子やな

いっ。お姉ちゃんと三人一緒に死のう」

と、包丁を握りしめてわめいた。

輝はさっと飛びのき、後ずさりして私を見つめ、泣きやんだ。

この後、彼は仲間はずれにされても決して泣いては帰ってこなかった。一目散に家に駆け込んで来ると、私を見て泣き笑いの表情を作り、一人黙然とテレビを見ていた。それに飽きるとベランダに出て、手すりに頬杖をついて長い間、あたりの風景を眺めていた。

団地の五階から、遠く淡く見えた六甲の山並みや、信貴生駒《しぎいこま》の山裾の、町の灯りの明滅は、一幅の絵のように鮮やかに残っていると輝は言う。


推薦入学という朗報のすぐ後、体育の時間に大男の級友から、半ば冗談に柔道の一本背負いをかけられた四十五キロの輝は、すっ飛んで思いっきり尻もちをつき、ついでに頭も打ったという。

その時、頭から首・胸に通っている管のあたりが、「きーんと張ったようになり、背骨がめりっと入ったような気がして気分が悪かった」と言って、私をひやりとさせた。頭を打つことはタブーだったから。

そして、入学の書類提出締め切り当日の、十月も末の明け方。意識が混濁したまま、二階の自室から壁にぶつかり、異様な物音を立てて階段を降りて来た輝は、私の部屋に入るなり頭を抱え倒れ込んだ。

救急車で主治医のおられるS病院に入院した輝は、その日の午後、開頭手術をした。先生が病室まで持って来て見せてくださった、輝の体の中で七年間働き続けた人工管は原型をとどめず、ぼろぼろにへしゃげ、ちぎれていた。それはまるでイカのくん製のようだった。

古い管は皮膚と癒着し、引き出すことができず、腸は腹壁と癒着して、手術は大変手こずったと聞いた。癒着が広範囲だったから新しい管の挿入が難しく、入れた管もうまく機能しない。そのうえ感染症の腹膜炎と髄膜炎の併発があり、入院して一ヵ月の間に六回の開頭手術をする羽目になってしまった。

高熱と麻酔のため意識が戻らぬまま、輝は数本の管に繋がれて、集中治療室（ＩＣＵ）のベッドに釘づけになっていた。

九度目の大き手術に耐えし子の

師走半ばすぎても好転の気配は見えず、毎日私は家とＩＣＵとを往復した。

夜九時すぎ、（時には夫の車に便乗して）帰宅すると、すぐ由美のおしめを取り替える。鬼婆のような形相なのか、私を見上げる由美の目がおびえて、反抗していた。

疲労は重なり、半日を家で一人待つ由美も心理状態が不安定になっていた。

十二月という時期も重なって人手はまったくなく、児童相談所から二、三の施設を紹介していただき、すがる思いでＫ園へ電話した。

ケースワーカーの先生は私の体も案じて、由美をいつでも受け入れると言ってくださり、それ以上無理はしないで、お待ちしていますよ、とおっしゃった。私は受話器に向かって深々と頭を下げた。

重なる手術で上半身傷だらけになった輝は、体重三十七キロ、おしめを当てて、見えない虚ろな瞳をあらぬほうにボーッと向け、終日ベッドにいた。口端からのべつ幕なしに涎《よだれ》をたらして廃人同然だった。

脳神経外科の重症患者の中には、頭蓋骨をはずしたまま、四年間も生命維持装置をつけてただ目を見開いて、ベッドに仰臥している、それだけの人もいた。
二、三度見かけた、まだ若さの残るその人の様子と、輝の瞬《まばた》きもできない表情とが重なって不安で一杯だった。
それでも、寝たきりの今のままでもいいから、どうか生きてほしい。この子にはたくさんの借りがあって、「子孝行」はなにもしていなかったからと祈り続けた。

昼夜をいとわず厚い看護と治療にあたってくださった先生方は、もうできる限りのことをしたので、後はどこまで回復するか、体力をつけ、待つしかないと言われた。薄紙をはがすように、良くなっていくと思う、とも言われた。

一進一退を繰り返しながら、やや良くなってきた輝が、おしめを当てたままでテレビもよく見えないのにいら立ち、覚つかない言葉で、

「コンナ、ミジメナカッコウデ、イキテイタナイ。コンドウマレテクルトキハ、マトモニウマレタイ」

と言った。私は絶句した。

たまたま部屋にいらした看護師さんが、

「そんな贅沢言うたら罰あたるよ。輝くんはおいしいもん食べれるようになったし、呼吸《いき》

も自分でできるし、お父さんお母さんも分かる。この病棟には、何年間も機械で生かされているだけの人が何人もいるのよ。きっと、きっと良くなるから」

と、輝の肩をゆさぶるようにして、ゆっくりそう言ってくださった。

四ヵ月余りの入院生活を経て、命拾いさせてもらった輝は退院してきた。

三十七キロを切った体を歩行器に預けて、その歩行器を私が支えて病院の廊下を歩いた。歩けるようになるまで退院はできないと、先生に言われていたから。

手術前、一・五あった視力は、〇・三に落ち、左目をつぶらないと対象物が二重に見えてしまうのは、七年経った今もそうだ。

あんなに望んでいた大学進学をあきらめねばならなくなり、一年遅れの進路を、事務系の専門学校と決めた彼は、ふっきれたように明るく振る舞った。

専門学校の就職活動でやっきになって見つけてきた、小さな製紙容器製造の会社に入れていただき、ワープロを打ち、掃除や草抜きなどの雑用もこなして四年が経つ。

首をぐっと左によじり上目使いに見る、ちょっと変な格好は直らず、親としてはしのびがたくもあるが、先人の言われた〝失くした機能を数えるより、残った機能を最大にいかせ〟を肝に銘じている。

夜遅く、疲れて帰る輝のために私ができることは、食事の仕度と、すぐに飛び込める風呂と、小ざっぱりした下着を用意することぐらいしかない。


先日もまたK療育園を訪ねた。

大広間の端っこにいつもいる娘の横に座ると、いつものように、U子ちゃん、Yちゃん、T君らが私を見つけ、にこにこしながら来てくれる。

「元気にしてた?」、「今日は暑いねんよお外は」などと言って手を握ったり、抱き寄せたりする。返答はないけれども。

若い職員の方が来られ、

「T君は由美ちゃんが大好きで、いつも傍にきて手をつなぐのよ。でも由美ちゃんは迷惑そうな顔して、足でぽんぽん蹴りまくるんよ。この子らにも好き嫌いはあるみたい」

と言われ、大笑いとなった。笑いながら咳き込んだ私の背中を、U子ちゃんが何度もなでてくれる。

時に、洗濯場から仕上がってきたおしめを十枚一組に数えて畳む私の後ろにまわり、Y

子ちゃんは、とんとんと上手に肩をたたいてくれる。思わず涙ぐみそうになるくらい優しく。

おそらくここで生涯を終えるであろう由美や、この子らの、優しい仕草と笑顔にまた逢うために。そして、輝のゆく先をもう少し見守るために、私は生きねばならない。

われ逝きし後のことなど思いつつ
　まひの子のむつき念入りにたたむ

恋知らず粧《よそお》うことも知らずして
　子はひた生きるまひの三十年を

一九九七年（平成九年）記（第三十一回　ＮＨＫ障害福祉賞入選作品）

伴走者として

長男の輝が、ヘルパーの資格を取って活動し始めてから五年が経つ。雨の日も風の日も、炎暑の夏も、極寒の冬も、二十数キロ圏内の利用者の要望があれば、自転車と電車を乗り継いで駆けつける。雨合羽《レインコート》に傘、帽子、腰ベルト、水分補給のためのボトルなどを詰め込んだリュックサックを背負い、奔馬《ほんば》のような勢いでペダルを漕ぎ、街の中を走る。

そんな輝に、時たま遭遇することがある。

先日の昼下がり、前方から雑踏を縫って、こちらに向かって走って来る彼に出会った。目は落ちくぼんで、頬はこけている。すれ違いざま、「あんた、なにぃ……そのすごい顔」と言った私に向かって、すかさず笑いながら、「ムンクの〝叫び〟みたいな顔やろ」と、しゃれたことを言って、あっという間に走り去った。

私は息子の背中に、

「水分補給せな、死んでしまうよぅ」

と大声で言った。

輝は三十五歳になる。

生後九ヵ月で水頭症と診断され、十ヵ月で初めての手術を受け、身長の伸びる成長期の四歳、十一歳で同じ手術をし、十八歳では六回の開頭手術を受けている。

何度も生死の境をさまよいながら、医学の発達と高度な技術、看護、彼にかかわり携わってくださった大勢の人の献身によって、その都度乗り越え、生きながらえてくれた。

徒《あだ》や疎《おろそ》かにできぬ体なのだ。無理をしてほしくない。伴走者の私の願いである。民間の企業からの転職で、三十一歳からの遅い再出発であった。

彼に介護の仕事を選ばせたのは、認知症の祖母、重度障害で寝たきりの姉、そして自らの病気、という我が家の特殊事情がそうさせたのだと思う。

ヘルパーの資格を手始めに、盲人手引き（ガイドヘルパー）、精神障害者・障害者・難病ヘルパーなど、一定時間の講習を受ければ取得できる、介護に有用な科目は、受講料を支払い、多忙な仕事の合間を縫ってすべて取った。

近々、介護福祉士の国家資格に挑戦し、その次は一級ヘルパー、ケアマネージャーと、未来に希望を持っての計画、段取りをしていたのだ。

ところがある新聞に、「ホームヘルパー二級、三級の人は、二〇〇九年度から訪問介護が事実上できなくなる……国は質の高い介護人材を確保するため、任用資格をヘルパーよりも専門性の高い介護福祉士にする」という主旨の記事が載っていたのだ。「数百時間の講義と受講料、夏の盛りの老人施設での実習。それがたった五年で、もう無用になるのか。後日、時間をやりくりしてとった盲人・難病・障害者ヘルパーの資格はどうなるのか?」と、彼は同僚たちと話し合った。まだ福祉士などの資格を持たない者は、先行きの不安を訴え、一日も早い、しっかりした制度が確定され、身分と生活が保証されることを願っているという。


輝の仕事の内容は、重度の障害を持つ通所者の人の送迎と施設内での介助(食事、排せつ、おしめ交換、清拭)などで、ほかに外出時の同行、入浴時の介助など多岐に亘る。

一週間に二日受け持つA君は、脳性小児マヒで重度の障害を持つ。

施設からA君の自宅まで迎えに行き、車椅子に乗ったA君と一緒に電車やバスを乗り継ぎ、定刻の九時三十分に施設に到着、一日が始まる。

A君の食事はすべてミキサーにかけて、ペースト状にしてからスプーンで食べさせる。

「俺は不器用やからなぁ、四、五十分もかかるんや」

と、自分の不器用、要領の悪さを嘆くが、汗をかきかき、ぶきっちょに、A君の口元にスプーンを運び、同時進行で自分の食事も丸ごと流し込み、A君と一緒にフィニッシュするのだという。

輝の並はずれて少食なのを気遣って、調理係のおばさんはいつも、大盛の御飯におかずを追加サービスしてくださり、

「力仕事やのに。体が資本やでぇ、食べへんかったら大きな子ぉ抱かれへんで」

いつもそう言って励ましてくださるとか。

食後はA君を抱きかかえ、背中をトントンと叩いて食べたものを胃に落ち着かせる、なんてことも学び、実行している。

午後は、歌を歌ったり、遊戯体操、折り紙をたたんだりして過ごした障害者たちは、それぞれの係に見守られて、夕方の五時に施設を後にする。

また一ヵ月に二度は、輝と同世代で、知的障害のあるK君をエスコートする。

輝は身長一七五センチ、体重は五十二キロ。夏場には、まだ痩せてしまう。まるで蚊とんぼのような情けない〝限界体重〟だ。

それにひきかえK君は、がっちりした筋肉質の体格で元気一杯。すごい速度でずんずん歩く。疲れを知らない。興味のある対象物など見つけると、それに向かって一直線に突進していくので、瞬時も目を離せない。

朝、十時にK君を迎えにいくと、高齢の両親が揃って玄関先まで出てこられ、「お願いします」と深々と頭を下げられるとか。輝は恐縮しつつ、そう私に語った。

四十歳を迎えても歩けず、しゃべれず、人の手を借りねば一日たりとも生きていけない娘を持つ私にとって、それは身につまされる光景だ。

午前十時から午後五時過ぎまで、K君との小旅行が始まる。

前日の朝から、地図や時刻表、近場の名所旧跡などのパンフレットなどを広げ、あれこれ物色しながら、K君が一日遊んで飽きない場所の見当をおおよそつけておく。雨が降れば、急きょ変更になったりもするのだが。

いつか市街地の温泉浴場で、素っ裸のまま脱走して、エレベーターに乗り込んでしまったK君を、タオル一枚身にまとって階段を三段跳びで駆け下りていき、逃げ惑うK君を人々の注視の中、やっととっつかまえたこと。

バスに乗れば、降車を知らせるブザーをせっせと押しまくること。

K君は、健啖家《けんたんか》で食べるのも猛烈に早い。さっさと食べ終え、次のものに興味が移るとぱっと席を立つことなど、最初は大いに戸惑ったようであったが、

「どんな障害を持った子ぉでも本気で接したら、必ず通じるでぇ、応えてくれる。俺はK君もA君もほんま、好きやから。ひょっとしてこの仕事、へとへとに疲れるけど俺に合うていると思う」

と言うようになった。


輝は今のところ、A君、K君の係以外に、目、耳の不自由な人のガイドヘルパー、通院の付き添い、また訪問して、十二時間ぶっ続けで重度障害者の介護に当たることも、月のうち二、三度はある。

目一杯、これでもかと言いたいほどに仕事を引き受け、予定表はぎっしり詰まっている。

疲れて帰宅する彼に、

「なにも、命かけてまでせんでも……」

と水を差すと、
「人間って、その気になったら、たいていのことはできる。だから案じるな」
と言う。

ひどい難産で、仮死状態で生まれたため、重度の障害児にしてしまった長女の三年後に、家族の期待を一身に受けて生まれてきた輝は、体重二〇六〇グラムの早産未熟児であった。四十日間を病院の保育器の中で見守っていただき、三一〇〇グラムの普通の赤ん坊に育って退院した。

発育ぶりは順調で、丸々と太り、手首や足首には輪が入って、気持ちよさそうによく眠った。

目覚めると、自分の指など不思議そうに眺めたり、オルゴールを見つめたりして静かに一人遊びをしてくれたから、夜泣きが激しく、眠らない、飲めない、痩せ細ってつきっきりでなければならない長女と比較して、健康な赤ん坊というのはこんなにも育てやすいものなのかと感動すら覚えていた。

生後五ヵ月の頃だったか、輝の頭が大きい、特に額が長すぎるようだと指摘してくださったのは、家庭医のK先生であった。

発育の状態をよく見守ること、頭囲を測ることなど指導していただき、大病院での検査も勧めてくださった。

それ以後、測り続けていた頭囲は、生後九ヵ月に入ると五十一センチになり、標準値を五センチも超えた。またこの頃には両方の瞳をぐっと下方に落とす（後で知ったのだが「落陽現象」という）異様な目つきをし、少し不安だった。

三歳の首も座らない娘と輝を連れて、脳外科の設置された大病院を回った。

二人分のミルクに哺乳びん、おしめ、着替えなどを詰め込んだボストンバッグを持って、自動車の後部座席に娘を寝かせて、三、四時間もして車に戻ると、汗びっしょりになって娘は泣き叫んでいた。多忙きわまる仕事についていた夫にいつも頼るわけにはいかず、ひとりで二人の乳児を連れての病院通いの日々と、検査につぐ検査の結果、

「重度の水頭症です」

と告げられた日のことは、今も鮮烈に心に残っている。

水頭症は、脳脊髄液が脳内に溜まってきたり流れが悪いために、脳が内から圧迫されて、頭の大きくなる病気で、運動マヒ、知能の遅れを伴うという。

三十数年前、この病気は難病に指定されていた。

治療は外科手術しかなく、手術は癒着しているか、ふさがってしまっている管を人工管に入れ替えて、脳脊髄液を腹腔に導く。

この細い人工管は具合が悪くなり、よく詰まるという。詰まると溜まったり、行き場のない水は脳を圧迫して、嘔吐、頭痛から意識障害が出て、放置すれば死に至る。

また、その子どもの身長に合わせた管を入れるので、背丈が伸びるたびに入れ替えの手術をしなければならない、と主治医の先生の説明があった。

やっとつかまり立ちができるようになった生後十ヵ月の輝は、初めての手術をした。

入院の日、病室の扉を開けた途端、大きな頭の男の子がベッドにふわりと腰かけているのが目に入った。思わず立ちすくんだ。

その五、六歳の子は、付き添いの人に支えられ、やじろべえのようにゆらゆら揺れながら、かろうじて座っていた。

初めて目の当たりにした、水頭症の患者であった。

常人の倍ほどもあろうかと思われる、大きな頭、緊張し切ってはじけそうになった額。

その巨大な頭と格好は、私の想像をはるかに超えていた。

その子は黒々とした瞳で、じーっと輝を抱いた私を見つめた。

神様はなんというむごいことをするのか、と胸がつぶれた。

脳神経外科病棟の中でたった一つ、子どもばかりのこの病室に、六人の水頭症患者が入院していた。

どの子も一様にひどく発育が遅れ、しゃべれず、歩けないが、呼びかけには応え、微笑する。

「この二年間で八回も手術してるの。退院してもいつ管が詰まるか分からないから、入院しているほうが安心」

「頭をぶつけたらあかんねん。そやけど頭、大きいし重いし、すぐこけてしまう、爆弾を抱えているような毎日」

「入院の準備して、枕元にいつもバッグ置いて寝てるの。治る見込みもないし……」

などと言われた、母親の体験を通した心情は、重く私に伝わってきた。

手術を重ねるうち、やがて輝もこの子たちのようになるのだろうか、祖母の家に預けてきた娘はどうしているかしらん、片時も私の傍を離れなかった娘は泣いて泣いて、お祖母ちゃんを困らせているのではないか……と、髪の毛を逆立てて、二人の子を両脇に抱え、立ち往生している未来図が頭の中を堂々巡りして、その夜はまんじりともできなかった。

子育ての日々は生半可ではなかった。

いつ果てるとも知れない、家事、育児、看病に忙殺され、きりきり舞いする私に、人は、「朝の来ない夜はない」とか、「神は耐えうる人にのみ辛酸を与えるのだ」とか、そう言ってくれたが、若く、向こう意気のみ強かった私は、

「あんた(超越者のこと)になんか負けへんで」

などと、毒づいたりもした。

夫は仕事一途で、帰宅はいつも深夜であった。また亭主関白であったから、そのしわ寄せは、聞き分けよく、大人しい輝に降りかかり、入院という非常時以外、彼は手抜きで大きくなってくれた。

たとえばミルクを飲む時も、バスタオルをくるくる巻いてほどよい高さにして哺乳びんを立てかけ、寝ている口元に置いてやると、輝は横向きになり、心持ち顎を突き出すようにして、上手に飲んでくれた。

入浴時は、ちょっとした戦場と化した。

いつも決まって娘を先に入れるのだが、よちよち歩きの輝が、娘を抱えた私の足許にひっつき、後をついてまわる。叱るとよけいに離れなかったから、思案の果て、タオルケットで簀巻《すま》きにし、紐で括《くく》って部屋の隅に転がしておくなんてこともした（今日び、こんなことを毎日していたら、虐待で逮捕されるかもしれない）。

しかし、この子らなりの成長があり、この子らなりの可能性を発見したり、好もしい性格を認識させてくれたり、それなりに楽しいことも一杯あった。

輝は保育園の年長組になる頃には、テレビで放映された「日本昔ばなし」を毎週自分で録音しては何度も聴き直し、丸ごと暗誦して、まるで落語家のような声色を使って、まさに立て板に水、滔々《とうとう》としゃべり続け、私を驚かせた。

なかでも、十八番《おはこ》の「おいてけ掘」と「三年寝太郎」の上手だったこと。私はうれしさのあまり有頂天になり、「あんた、テルちゃん、もしかして天才……やわ」などと叫んだ。しゃべることも、歩くこともできないまま夭折していった同病の子らのことを想うにつけても、ここまで到達できた幸運を、家族で素直に喜び合った。

さまざまな曲折を経て、健常児として中学、高校で学ぶことができた。大学への推薦入学も決まり、その書類提出締め切り日、十月末の未明のことであった。

二階の自室から異様な物音を響かせて階段をずり落ちてきた輝は、私の部屋に頭を抱えてなだれ込み、そのまま意識を失った。

その日の午後、ずっと主治医でいてくださるF先生の開頭手術を受けた。

十一歳から十八歳まで、輝の体内で働き通した管は皮膚に癒着して容易に引き出せず、腸も腹壁と広範囲にわたって癒着があったため、新しい人工管の挿入も困難で、管の機能もしない。手術は一ヵ月間に六度繰り返され、難儀を極めた。

さらに、感染症の髄膜炎と腹膜炎を併発してしまった彼は、四十一度の高熱と麻酔のため意識が戻らぬまま、八本の管に繋がれて、集中治療室のベッドに釘づけの身となってしまった。

頭部と上半身、傷だらけになった彼は、体重三十七キロ。おしめを当てて、瞬《まばた》きさえもできなくなった虚ろな瞳をボーッと見開き、涎《よだれ》を流し続けた。大声で呼びかけても反応は皆無で、廃人そのものだった。

私は娘の分と輝の分と、二つの紙おしめをさげて、家で臥《ふ》す娘と、ＩＣＵのベッドに眠る輝の間を毎日往復した。

それでも、たとえ寝たきりの子を二人抱えてもいいから、今のこのままでいいから、どうか生きてほしい、と祈り続けた。

四ヵ月余りの入院生活を経て、九死に一生を得た輝は退院してきた。

手術前に一・五あった視力は、〇・三に落ち、左目をつぶらないと対象物は二重に見えてしまう。首をぐっと左によじって上目遣いにじっと見つめるけったいな格好は、今や定着してしまい、親としては痛ましく思うが、

「残った機能を大事に活かすことや。顔がちょっとぐらいゆがんでも、視野がちょっとぐらい欠けてても、気にしない、気にしない」

と、彼はむしろ私を力づけてくれる。


「守秘義務がありまして」と、仕事の詳細は語らないが、彼の言葉の端々を繋ぎ合わせ、後は、勘で合点する。

場所を取る大きな電動車椅子をコントロールしながら、スーパーや商店街へ行かねばならない時、乗り物を利用する時、

「すいません、ちょっと通してください」

と、彼がかける一声に笑顔で答えてくれる人もいる。

そうかと思えば、乗車時にしっかり伝えておいたはずなのに、所定のエスカレーター前は無人で、慌てたこともある。この上なく横柄な仏頂面で応対する、駅員や乗務員に憤慨したりもした。

「あんた、えらいねぇ。まあ細いのに、大丈夫？　手伝おうか」

などと声をかけてくださる方もいて。まさに人、さまざまである。

先頃、初めて手引きした、目、耳ともに不自由な大柄の障害者は、目的地に行きつくまでの駅のホームで、広場で、ベンチで三度、大の字にひっくり返り、地べたに張りついたように動かない。てこでも動かない、という意志のようなものが感じられ、困り果てたという。

掌《てのひら》に指で、「お願い、起きて、立って」などと何回もなぞり、やっと起き上がらせて、送り届けたとか。

「中途で障害になった人。気の毒やねん」

と、一言いいかけた私を黙らせた。

過酷な仕事なのだなぁ、私にはとてもできない。ただの無力な傍観者である私は、ただ脱帽するのみだ。

〝伴走者〟なんて、一人よがりな呼び名は返上しなければならない。

誰かの目となり、手足となり、一日の半分の十二時間を、全面介助しながらずっと一緒に過ごす、ということは、命を預かるという大仕事だ。

時には、ぼろ雑巾のように疲れ、へとへとになってしまうこともあるという。

けれど、彼が選んだこの仕事。与えられた大切な役目を、どうか誇りを持って果たしてほしい。


二〇〇七年（平成十九年）記（第四十二回　ＮＨＫ障害福祉賞入選作品）

Q太郎生還す

散歩に連れ出した飼い犬の「Q太郎」が突然、引き綱を引きずったまま、猛スピードで遁走《とんそう》していった。

緩んだ靴ひもを結び直そうとした私の手が一瞬、留守になった隙のことである。まさに脱兎のごとく一直線の道路を駆け抜けて、あっという間にスモックに覆われた夕昏《ゆうぐ》れの薄暗がりの彼方にかき消えてしまった。

郊外のM市から都心の繁華街A区に引っ越して来た、その日の宵の口のことである。

余寒なお厳しい、三月六日の朝。二十余年間暮らした家を後に、夫、私、息子の三人とオス犬一匹の家族は、やっと完成した二世帯住宅に移ってきた。

車の後部座席でタオルケットにくるまれ、息子と並んで座ったQは、はなから落ち着かぬ様子で、ひどく神経質になっているのが、助手席にいる私にもびんびんと伝わってきた。

M市から都心のA区までは、直線距離にして十六、七キロ余り。途中、大和川を越え高速道路を利用して、優に三十分はかかる。

新居の一階には、八十五歳で「要介護度三」と認定され、認知症の進んだ姑ともう一人、五十半ばで独身、定職を持たない「フーテンのMさん」と密かにあだ名で呼ぶ夫の弟が住む。

二階は、三年前に定年退職した夫と私。そして三十歳で、目下学生の身分である息子の住処に。

加えて、雑種の飼い犬が各階一匹ずつの取り合わせ。ちょっといびつな問題家族ではある。ちなみに階下のメス犬は、「マル」という。

到着直後、車から降ろされたQを目ざとく見つけたマルが、モップのような体を揺すって人懐っこく近寄って来た。でもQは、マルのどこが気に入らぬのか、鼻に皺をよせ、牙を剥き出し、今まで見せたことのない凄い形相でマルに飛びつき、顔面を攻撃した。

無防備だったマルは悲痛な鳴き声を上げ、路地奥へ逃げ込んだまま、丸く固まって出てこない。

「Qっ、あんたは新参もんやろ。そんな挨拶はないでしょっ」

と、私はかなりきつい拳固を二発、Qの頭に見舞ってやった。

Qは、我が家に来てもう十四年になる。他人には言えぬ家内のてんやわんやを、つぶさに見てきた。私の繰り言をじっと聞き、息子の大病後のリハビリに役立ってくれた。いわば、物言わぬ爺さまのような存在の忠犬である。私は奴のことを高く買っている。

人間で言えば、七十四、五歳ぐらいだろうか。風邪一つ引かず、いつもすこぶる機嫌がいい。

つい昨日まで、QはM市郊外の広々した並木道や、草花の生い茂る原っぱを悠々と散歩していた。そんなQにとって、大型トレーラーやバス、路面電車までもが大音量を立てて往還する都会のこの大通りは、さぞかし恐怖だったであろう。大型車が地響きを立て、怪物の目玉のようなヘッドライトが猛烈なスピードで行き来するたび、Qは怯えて後ずさった。

その上に、先の邪険な私の拳骨二つである。

（これはもうやってられん。命にかかわるで）

と、トンズラを決め込んだのかしらん。私は慚愧《ざんぎ》の念に堪えなかった。

息子に、「ドンくさいなぁ、もう」とぼやかれながら、手分けして夜更けの街中《まちなか》の二、三キロ圏内を自転車で探し回った。だが、影も形も見えなかった。

明くる三月七日。休日の息子は朝食をそそくさと済ませると、「さあ、オレの弟を探しに行ってくるか」と、自転車で飛んで出て行った。

夕方、ちょっと疲れた顔つきで帰宅した彼は、昨夜より数キロ足を延ばし、Qがうろついていそうな公園や路地裏、神社などを片っぱしから探しまくったという。無口な彼が、青テント暮らしのおっちゃんや商店のおばさんなど、誰彼なしに世間話をしながら、Qの特徴を言って聞き歩いたというのだ。

「Qのおかげで、あの〝物言わず〟も必要とあらば喋るのだわ」

私は感心もし、少し安堵もした。


翌日三月八日。A区の保健所を通して、管轄の動物保健センターへ電話を入れた。行方不明になった日時、犬の特徴、性別、名前、首輪と引き綱の色まで尋ねた係の男性はこう言った。

「こちらに届けられた迷い犬は、府下の動物センターすべてに登録されますから、市民からの情報提供もあり、戻ることが多いですよ。情報があり次第、連絡します。ああ、それから最寄りの警察にも必ず届けてください」

「はあ、警察に？」

家族同然とは言いながら、大げさな……と思ったのも正直なところだ。それにしてもQの奴は、今頃どこをうろついているのやら。

ベージュ色の米俵のような体に、大きな巻き尾っぽ。真っ黒い瞳に、濡れた黒い鼻。グリーンの首輪にロープを引きずったまま、空腹を抱えて彷徨っているのか。

それとも、耳をピンと立て、足を踏ん張って立ち止まり、空の匂いをくんくんと嗅いでいるのか。音を聞き分け、危機を避け峻別《しゅんべつ》しながら、M市の旧居を目指して雄々しく奔走しているのか。

「オレが躾《しつ》けた奴やから、そんな賢こないで」

と、息子が真顔で言う。

翌日三月九日。警察署でQは、「遺失物扱い」で受理された。思わず苦笑してしまう。ここでも係の婦警さんは、テキパキ手慣れた様子で事を運んでくださった。

シートに腰かけて、電話に聞き耳を立てていると、こんな声が耳に入る。

「あっ、そうですか。三日前、信用金庫の前の大通りを、グリーンの首輪の犬がロープを……。茶色ですか？」

これはQに間違いない。そう確信するが、もう三日も前の深夜のことで、どうしようもない。Qらしき犬を見かけて届けられたのは、信用金庫の近くにお住まいの方だった。

「もう一度あたりを探してみましょう。そして見つかったら、預かっておきます」

とまで言ってくださったとか。

私と息子は、犬好きのその方に、「どうか、どうか」と一縷《いちる》の望みをかけ帰宅した。


三月十日。真冬でも雪が降るとニュースになる温暖なこの地に、珍しく雪が降った。それはわずかな時間だったけれど。視界を遮るような牡丹雪が強い風に煽られ、雪は舞いながら降り積もった。

この日の昼前、M市の元の家に行き、シャッターの門扉をQの体の幅だけ開けて、紐で固定しておいた。さらに元のQの居場所である、それこそ〝犬走り〟には、長年使用したマットを敷き、ドッグフードと水も並べて置いた。

その帰途のことである。ふいに、弥生の小さな嵐が来たのは。

私は車の助手席から小止《おや》みなく降る雪を眺めながら、思わず呟いた。

「なんて間が悪いこと。これでQもお陀仏やわ」

夫は、私に輪をかけて悲観的だ。

「ロープ引きずったままで、人には懐けへんわ。エサにありつけるとは思えん」

今日日《きょうび》は犬までもがひ弱だもの。体力も限界のはず。その上、この天候だ。もうあきらめなければ、こちらの身が持たない。

引っ越し前からこの方、私の睡眠時間はナポレオン並だった。姑の認知症はかなり進んでいて、新しい家がもの珍しいのか、夜ごと丑三つ時に起き、家中のドアノブをガチャガチャ言わせて遊んで回る。洗面台の蛇口を全開にし、ハンカチやふきんの洗濯を始める。洗うという作業に夢中で、水があふれ、床が洪水になってもおかまいなし。私がそっと背後にいるのも、ご存知ない。

なぜか戸締りが気になるらしく、昼の日中から雨戸を下ろし、びっちりと施錠してしまう。

「開けとこか？　閉めとこか？」

まるで歌うように独りごちながら、しっかり閉め切ってしまうのだ。

またある時は、髪振り乱して掃除機やモップ、バケツを持ってうろうろする私に、こんな声をかける。

「あっ、掃除してくれてはる。いつもご苦労様、オバチャン」

背筋をピンと伸ばし厳かに言われ、思わずコケてしまった。

まだ手付かずの引っ越し荷物の段ボールの中から、小綺麗な置き物や小間物などを勝手に失敬していく。その昔、あたりを払うほどに美しく知的で、ちょっぴり「いけず」でもあったこの人の変貌ぶりは劇的で、少し痛ましかった。

六十半ばにして、現役主婦を務めていかねばならない立場と、Qを迷子にしてしまった責任とで、私はその夜もまた眠れそうになかった。

次の日も、その次の日もただいたずらに過ぎた。


三月十三日。早朝、階下の旧型ダイヤル式の電話のベルが鳴った。階段を駆け下りる。受話器を取った。M市の家のお隣の奥さんの、ちょっと慌てたソプラノが響いた。

「Qちゃん帰ってるよ！　夕べ遅く。今、お布団の上で丸くなって寝てるわ。エサも食べて、そう、元気みたいよ。『川一《ひと》つ隔てたら、犬はよう帰らん』っていうのに、かしこいね」

そう言って、事情を知る奥さんはQを褒めたたえた。

「ひゃあ……ほんとに帰ってますか」

私は、「ほんとに」と「まあ」を連発した後、夫と息子と一緒に車でQのもとへ向かった。車中、「どうやって帰ったのだろうか？」という話でもちきりだった。すごい交通量の国道や府道を幾度横切り、川はどの大橋を越えて走ったのか。あのしんしんと降る雪を、どこで見ていたのか。

車から降りた直後。ドアを閉める音に気づいたのか、裏の犬走りの奥から足を引きずりながら、Qがひょっ、ひょっと歩いてきた。そして私たち三人を見つめると、緩やかに尾っぽを振った。

息子が中腰になって、Q太郎を赤ん坊のようにしっかりと抱いた。

二〇〇〇年（平成十二年）記

されど、シンガポール

三度目の海外旅行先を、シンガポールに決めた時。

友人や姉妹の反応は、「シンガポールぅ、暑いよぉ」とか、「ハワイのほうがええのんとちがう？」などと、そっけないものだった。私は香港、ニュージーランドしか行ったことがなかったから、行先がどこであれ、うれしいのだけれど。

飛行機に乗って、地図でしか見たことのない彼の地を、この足で踏みしめる。未知とまみえることが無条件にうれしい。ホテルに着き、ポーターについて部屋に案内されるまでの期待と、あの高揚感、大好き。

初めての外国、香港のホテルの調度品や絨毯の色彩のなんと洗練されていたことか。ベージュ色とピンクの淡い取り合わせや、レンガ色と灰色《グレイ》などの個性的な組み合わせ。石鹸やシャンプーのケースのデザインまでがあか抜けている。市中見学も買い物もせず、このホテルでずっと過ごすのもまた一興とベッドに寝転がり、起きるのもおっくうになってしまったのを思い出す。

育児が、そのまま看病に繋がって二十数年。外出もままならなかった私を感激させてくれた贅沢な空間、ホテル。

今回のシンガポールの旅でも、また思わず私を唸らせるホテルにめぐり逢えたのであった。

あれは、シンガポールでの最終日のことだ。その日の予定をうかつにも見落としたまま、私たちはチェックアウトを済ませて、迎えのバスに乗り込んだ。突然、降って湧いたようなRさんの声。

「空港へお送りする前に、ラッフルズ・ホテルのディナーにご案内いたします」

「えっ、聞いた？　知ってた？」

と、前後に座る夫と息子に息を弾ませて聞くと、

「どこかで飲茶程度の食事はすると思ってた」と夫。続けて息子は、

「ジーンズとTシャツでなかってよかったぁ、迷ったんやけど」

と、別にどうってことのない答えが返る。

熱帯特有の湿気が肌に纏いつく昏《く》れ方。深い紫紺色に包まれた宵闇の中に、そのホテ

ル・ラッフルズは白亜の城のように煌々と浮かんでいた。

「ひゃあ、きれい！　おとぎの国のお城みたい」

語彙の乏しい私の第一声はこれひと言で、後は無言。私の内で培われてきた美意識とか、美的感覚などがふっとかき消されてしまうほどの、旅の終わりのおまけのカルチャーショックだった。

「シンガポールぅ、暑いよ」などと言った者どもよ。燦然と立つラッフルズの佇まいを拝むがよいと、あの時、心底そう思った。


遡って、旅の初日。シンガポールのチャンギ空港には、まだ陽の高いうちに到着した。出迎えてくれた現地案内人が、「オカサーン」、「○○○サーン」と、変なイントネーションで私の名前を呼びながら手を振っている。彼は、流暢な日本語を駆使する。

初対面の挨拶の後、大阪からの若いカップルと学生風の男性三人、それに我が家の三人の都合八名は、待機していた小型の冷房の効きすぎたバスに乗せられ、Sホテルに直行した。

到着すると手荷物はフロントデスクに置き、汗を拭く間も、化粧直しの間もなく、エンジンのかかったままのバスに戻って発車。バスは街中をひた走った。到着早々、シンガポール料理を食べさせてくれるのだという。

案内人のRさんは、「一時間ほどしたら、また迎えに来ますから」と、ちょっとたいそうな外観のレストランで私たちを降ろし、時計を見ながらそそくさと姿を消した。

真っ白いクロスのかかったテーブルに着くと、パラパラの細長いご飯が大皿の半分に盛られて運ばれてきた。

評判の良くない、あの外米ご飯である。が、これが美味であった。

独特の香辛料をふんだんに使い、炒めた濃い味付けの魚介や肉類をとろりとした餡でまぶした料理には、パラパラの無味なお米こそがよく合って、とてもおいしかった。

逗留中、時間に縛られ乗り回したバスのフル回転ぶりは目まぐるしく、旅の情緒が削がれたような気がしたのは私だけだろうか。

バスは、A、B、C、Dのホテルで待つ同じ観光目的の客を順次拾っていき、レストランなどの目的地で降ろしていく。食事や観光の行程を済ませて、E、F、Gなどのホテルに帰る客もいるから、「あっ、さっき通ったばっかり」とか、「昨日もこの通り、走ったね」などとややこしい。仕事とはいえ、Rさんもよく間違えないものだと感心する。

私たちが滞在した四日間のうちの一日半は、雨が降ったり止んだりの、ベトベトと蒸し暑い天候であった。

例のごとく、バスから土産物店の前で降ろされた私たちは、「あと三十分したら迎えに来ます」というRさんに手を振って別れた。

雨は降るし、疲れてはいるし、どこかでちょっと座りたい。前方を見ると、ちょうどおあつらえ向きに、道路に面してモダンなベンチが並んでおり、ベンチに腰掛けた私たちは、ちょっと悪趣味だけれど、道行く人々の品定めとなった。

胸を張り、背中をピンと伸ばして前方を直視、大股で颯爽という形容がぴったりの歩き方は、この国の人だ。

片や、芯のない蛸かなんぞの軟体動物のように、背を丸めてふにゃふにゃと歩いているのは、たいてい二十代とおぼしき我が同胞だったのには、ちょっとガッカリした。その上、彼女たちの服装は汚らしく、だらしなく、ダブダブ、しわしわ。旅先での解放感からと仮に一歩譲っても、なにかきりりとしたものが伝わってこない。

海外旅行の定番、買い物ツアーは今度もふんだんに組み込まれていて、いささかうんざりし、もう少し芸がないものかと思う。

バス一台分、丸ごとの観光店は、宝石、皮革、シルク製品の製造過程から直売店までを否応もなく見せられるのである。

どの店でもマンツーマン。一人の店員がついて回り、なかなか解放してくれないのに辟易した。

「こんなにして買わそうとしたって逆効果なのにねぇ。品質だって、日本のデパートに並んだ高級品とは比べもんになれへんし」

と、隣に居合わせたご婦人と悪口を言い合い、二人ともになにも買わない。

その上、お国柄の違いかなにか知らぬが、彼女たちの態度はすこぶるデカい。丸太ん棒のように突っ立った大女の店員は、突如、にこりともせず、

「アナタノ、タンジョウビワッ?」

と、怒ったように聞く。咄嗟に、なぜだか英語で「六月（ジューン）」と言おうとして出て来ず、「えーと、えーと……」と、あいまいに笑う私。

「アナタッ！　ジブンノ、タンジョウビモ、シラナイノッ！」

店員は、いかにも小憎らしい口調でそうほざくのだ。むっときた私の脳裏を、「お客様

は神様です」という文言がかすめる。そして、自分の半分にも満たない年恰好の彼女に向かって、大人げないお返しをした。

「なにもあなたに答える必要ないでしょうっ。買わないのだから」

絹のシャツを仕方なく買う時も、「ピュアー」を「プワー」と読みそこなった私に、店員は、口紅を塗りたくった大口を咽まで見せて高笑いした。その無神経さにも、本当に腹が立った。

「そやけど、『ピュアー』を『プワー』と読み違うあんたもあんたやでぇ」

息巻く私に、息子は困ったように笑った。

日本のサービス業の現場で働く人の愛想良さ、人当たりのそつのなさに慣れ切っていた私には、ぶっきら棒、つっけんどん、笑顔など毫《ごう》も見せない彼女たちに戸惑うばかりだった。


自転車の横に一人分の座席をくっつけた輪タク三輪車は、シンガポール独特の珍なる乗り物で、「トライショー」というらしい。総勢二十数名の観光客を横に乗せた三輪車集団は、夕暮れの街中をサドルから腰を浮かし、まるで奔馬のようにペダルを漕ぎに漕いで走る。時折信号を無視し、車と車の隙間を縫って、奇声を上げて往くさまは壮観だ。

ペダルを漕ぐ彼らのなかには、まだあどけなさの残る十四、五歳の少年や、老人とおぼしき人もちらほらいた。赤銅色の細い素足にゴム草履をつっかけた、いかにもすばしこそうな彼らに、衣食にのみ奔走し、それゆえに逞しかった私たちの少女時代が彷彿とした。

大通りからちょっと入った狭い裏通りのインド人街には、道の両側にシルクや絨毯、籐製品などを扱う店や、カレー食堂などが建ち並ぶ。紗《しゃ》のようなサリーをまとった、神秘的な女性にも出会った。

そこここの店の前には、五、六人の男性がひと塊にたむろしており、徒党を組んで走り去る私たち集団を、彫の深い黒い目が一瞥《いちべつ》する。

ちょっと冷ややかにも見えるその強い視線に「あんたら、なにしてまんねん」と言われているような気がして、私は重量級の身を小さくして座席にしがみついていた。

シンガポールがイギリス領インドの一部であった頃、インドからこの地に来て港湾の労働などに従事した人が住み着いたのだという。

盛りだくさんの観光ノルマをやっとこさ果たして、ホテルに帰りシャワーを浴び、ベッドに大の字になり、しばらく休む。その後歩いて二、三〇〇メートルくらいのところにある、ニュートンサーカス（屋台街）へ夜食を食べに行った。

一〇〇軒はあろうかと思われる屋台がひしめき合って建っており、観光客や地元の家族連れでどの店も活気に満ち、大賑わいであった。

どこに入ろうかと、物珍しさにきょろきょろして歩いていると、すかさず客引きのお兄ちゃんが寄って来る。

ほとんどが露店に漆喰の床、粗末なテーブルに丸椅子が並んだ店で、一見不潔な感じがした。だがそれは失礼というもので、政府の衛生面での検査、指導なども行き届いているのだという。

人々はなにやら次々と料理を注文し、大きな鉢に顔を突っ込むようにして食べては、大声でおしゃべりしてよく笑う。

食後のことでもあり、私たちは果物の盛り合わせとビールを注文《オーダー》した。缶ビール三五〇cc入りが、八ドルから十ドル。日本円にして約七〇〇円から八〇〇円もして、日本の庶民のハウスワイフ感覚ではたまげてしまい、思わず、「よく味わって飲んでね」などと言ってしまう。酒類、自動車など、この国ではぜいたく品ということで高価なのだ。

皿に盛られてきた果物は十八ドルで、品物と引き換えにその場で支払う。まず、ドリアン。Rさんは、「おいしい、おいしい」と連発していたけれど、その臭《にお》いの強烈なこと。とろけたバター状のどろりとした果肉には、ほのかな甘味が加わり、牛乳とかチーズの動物性の味も混じり合って、独特の、えもいえぬ臭気を放っている。

若い人たちは口まで持って行くと、「うぁーっ」と大げさにのけぞり、ゲラゲラ笑って食べようとしない。

ランブータンは赤くて長い毛に覆われた果物で、一見気味が悪いが、皮をむくと半透明で、甘くて水分の多い果肉がおいしかった。

そのほか西瓜、バナナなども並び、切り口がきれいな星形になったスターフルーツも、その形ゆえに印象深い。

二日目にもニュートンサーカスに行ったのだが、その時は油っぽい料理の後だったから、粥をゼスチャー入りの日本語で注文すると、白身魚の入った、かすかなゴマ油の香りがしながらも、実に淡白なものが運ばれてきた。汗をぬぐいながら異国の人々と肩を触れ合って食した。

幸せの吐息をほっともらしながら、仰ぐ空は、あいにくの曇天。漆黒の闇であった。家事、育児、看病に明け暮れた日々の、心の奥に閉じ込めて来たさまざまが蘇る。

九度の手術を繰り返し、命永らえて今ある息子。家族が生きていくために、一人施設に入らねばならなかった娘。私を叱咤しながら、亭主関白を張り続け、その持ち場を守ってくれた夫。

さらには、今の今も娘を見守ってくださる人たちに、畏敬の念をもって感謝しなければならない。エトランゼの私は心底そう思い、胸が熱くなった。

「この旅行のこと、しっかりと覚えておこうね」

隣に座る息子に、私は小声でそう言った。


シンガポールの国花は、蘭だと聞いていた。日本の桜は、四月になれば全国のいたるところで見られる。だからこの国の花、蘭もまた、花群が香りを放って咲き満ちていると想像していた。

ところが、街路やレストランはおろか、植物園を訪ねても、そんな光景に出合うことはできず、ちょっとがっかりもした。だが、後になって知った。シンガポールには立派な蘭園があり、そこに行けば堪能できるくらい、蘭の花を見ることができたそうな。

マーライオン公園では、胴回り四十センチもあろうかと思える大蛇を首に巻いた、立派な口ひげを立てたおじさんがいた。

「記念写真を撮らないか？」と、誘って来る。私は後ずさりして、飛びのき「け、けっこう、いらない、いらない」と大声で叫んだ。

ところが、これを見ていた若いカップルの女性のほうがつかつかと近づくや、蛇の頭部と口を押さえるようにしてぐっと握った。そして胴体を襟巻きにして、カメラに向かってポーズを取り、にこっと笑ったのだ。

「あんたも撮ったらァ」

彼女はその姿のまま、連れの男性を涼し気な声で誘った。彼は、「いやや、オレ！」と、大阪弁丸出しで逃げ惑い、周りの人の笑いを誘った。

整然とし、洗練された街並みを、帯のように通る広い道路の両脇には、樹木が途切れることはない。林立する樹々が緑の葉を風にそよがせているさまは、熱帯にもかかわらず、いかにも涼やかで清潔感にあふれていた。

シンガポールは観光立国で、人口は三〇〇万人ほど。それなのに、七〇〇万人くらいの旅行者が常にいて、この都市の人口は一〇〇〇万人に膨れ上がっていることなどを、Rさんは話された。

超近代的な高層ビルが建ち並ぶ大通りを、人種の坩堝《るつぼ》ともいうべき多民族が、それぞれの風貌で胸を張って闊歩する。その光景を、私は潔いと感じながら、車窓より飽きずに眺めた。

またこれは周知のことだが、ゴミのポイ捨てや喫煙は厳しく罰せられる国だ。冷暖房の効いた公的場所は、すべて禁煙。違反者には、確か、最高一〇〇〇ドルの罰金が科せられるとのことだ。

高速道路の入口の吹き溜まりなどには、塵芥、空き缶が山をなしているどこかの国とは大違い。でも、スモーカーには不便らしく、彼らは乗り物から降りると、すぐに喫煙場所探しをする。レストランやデパートから出ると、灰皿、ゴミ箱を求めて右往左往する夫や、ほかのスモーカーたちがちょっとばかり気の毒になった。

「きれいですけど、不便ですなァ」

おじさんたちのボヤくことしきりであった。

旅の三日目に組み込まれていたセントーサ島めぐりは、これぞ熱帯の暑さだと思い知らされるようなカンカン照りの晴天だった。

フェリーを下りると、目路《めじ》の限りのだだっ広い砂浜に、椰子の木などが行儀よく植えられている。赤い屋根と白い壁の建物が鎮座していて、いかにも人工庭園という感じでまったく趣がない。

前夜、不眠に祟られ、三、四時間しか眠れなかった私は、ジリジリと照り付ける陽射しに耐えきれず、二、三枚の撮影を済ませると、一目散にフェリーに戻った。

ソファに座り込んでいる私に、にこやかな顔をして、熱い紅茶とケーキを捧げつつ来たのは、善意のウェイターだった。だが、思わず憮然として、「冷たいウォーター、プリーズ」と言ってしまった。

この島での記憶がほとんどかき消えてしまっているのは、暑かったせいか。

ツアーのバスは、今夜日本へ帰国するという人たちと、今日この国に着いたばかりの人たち、合わせて十五、六名を乗せてラッフルズ・ホテルに向かっている。

一番後ろから乗り込んできた家族連れは、四人ともにジーンズの半パンツに相当水をくぐったTシャツ、つっかけサンダル履きといういで立ちである。

案内人のRさんは、いかにも困惑したように、

「その服では入れてくれるか分からないよ。着替えてください」

と、後ろの席へ行き耳打ちしている。

「ええっ、もうボストンバッグの奥のほうへ入れてしもて出されへん」

と、母さんらしき人の叫び声がして、バスの中はシーンとした。

当方の旅程表《スケジュール》をよくよく確かめてみると、最終日の四日目、「終日フリータイム」と書かれた下に小さい文字で、「夜、ティフィンルームにてディナーをどうぞ」と記されている。

ティフィンルームというのは、ラッフルズ・ホテルの名高いレストランで、本来は昼食をとる場所《ところ》らしい。

しばし沈黙が流れた後、今度は父さんらしき人が、

「そんなこと、なにも聞いてへんかったぞぉ」

と、不満の塊のような大声で叫んだ。

「どこのホテルにしろ、襟付きのシャツと上着の用意はしておくのが常識やからね」

そんなひそひそ声が聞こえてきたりして、バスの中はちょっとした緊張感に包まれた。象牙色の三層建ての小さなホテル・ラッフルズは、あたりを払う優雅さ、威厳に満ち満ちた姿で、まさに浮かんで見えた。

Rさんが先に小走りに建物の中に入り、なにやら懸命に話している。ホテルのロビーはこぢんまりとしていて、無数の宝石をちりばめたような柔らかな照明が、オレンジ色に輝いている。

その中を、おもちゃの兵隊そのものの、白い上着に金モールの縁取りをした制服のハンサムなおのこが、整列をして迎えてくれた。

心地良い緊張感をもって姿勢を正し、テーブルに着く。が、バイキング形式ゆえ、自分で大皿を持って、料理のお代わりを取りにちょこちょこ立たねばならないのが、なんともしまらない。

ここでも酒類は注文《オーダー》し、その場で支払う。缶ビール十一ドル也。しゃれたグラスに入っては来たが。

温かくて甘くてどろりとした、日本の甘酒みたいな舌ざわりの粥のような飲み物の、おいしかったこと。疲れた胃に、すうっと気持ち良く落ちていく。

生まれて初めて食す味に、「果物も混じっているみたい。果物のおぜんざい？」ふざける私に、息子は、「ココナッツミルクと違うかな？」と言う。私は分からぬままに、二杯目をいただく。

焼き上がったばかりのインドパンは、人の顔ほどの大きさがあり、コシもあって香ばしく、くせのない味はどんな料理にも合いそうで、これも二ついただく。

四人連れのジーンズ家族の人たちは、交渉に手間取ったらしく、私たちより少し遅れて、ルームの中央近くのテーブルに案内された。

せっかくのラッフルズ。門前払いでなくてよかったとほっとしたけれど、くたくたの半パンツからぶっとい足をにょっきり見せて、豪奢なテーブルについているレディ三人を、ちょっと恥ずかしいなと思ってしまうのは失礼なことだろうか？

バスの時間まで少しあったので、ホテルの中にある、回廊で繋がった一流ブランド店の建ち並ぶショッピングアーケードを見て回る。

夜の九時少し前だった。象牙色に統一された格子の窓もドアも、もう閉ざされていたのだが、まるで美術品のように気取って置かれたブランドもののバッグやスカーフ、宝飾品などが、ガラス戸越しによく見てとれた。
　無粋な夫と息子は、もうすたすたと数メートル先を行く。私は慌てて小走りに追いつき、発車間際のチャンギ国際空港行きのバスに飛び乗ったのだった。

一九八八年（平成四年）記

短歌集

【我が子を思う】

病持つ子がお役目とリュック背に
夜の介護にゆくを見送る

鎮まらぬ心もてあまし麻痺の娘と
夜行貨車の尾灯みてをり

癒ゆることなき吾子二人生み育て
　生きて来しのみそれひとつのみ

障害を持つ二人子に詫び状も
　遺言も書けず日のみ過ぎゆく

子は今し開頭手術にむかひゆく
　ゆるりと上げし手静かに振りて

麻痺の子の黒髪梳かすこの夕べ
　小さき幸わが内にありて

幼より蒲柳《ほりゅう》の質の吾子なりき
果汁ヨーグルトで命をつなぐ

更けし夜の介護につきゆく子のために
かやく御飯を結びてやりぬ

十度余の開頭手術を受くる子の
返りひた待つ無口な夫と

明日の朝施設へ帰りゆく吾子と
再会約す指切りをして

三十年経てぞ告げらる子の再発
　うろたえまいと夫に目で言ふ

吾をみつめ花のごとくに笑ふ娘は
　しゃべれず歩まぬ五十五のいまも

常臥する娘の窓に見る夕焼けに
　染まりてひととき歌人となりぬ

今生で歩めぬ吾娘を思ふ夕
　沈丁の香の流れ来やまず

それぞれの病窓に臥す娘と息子
　雨の夕餉にしきりにおもふ

もの言えず歩めぬままに年ふりし
　子は時折に花のごと笑む

離れすむ三十年の月日あり
　子は施設にて五十路に入らむ

病持つ二人子の先日々祈る
　詮なきことと思へど祈る

幾十度きびしき手術に耐へ生きし
子は寡黙なり五十の今も

神に祈り念じ毒づきまた祈る
開頭手術の子戻りくるまで

病持つ二人子育て来しのみを
諾《うべな》ひ夕べ風をみてをり

正月の三ヵ日のみ帰り来る
まひ重き娘の歯ブラシを購《か》ふ

施設より帰り来る娘の祝儀袋に
　幸とふ文字を念入りに書く

「きれいやね」綿雲の一つ指していふ
　麻痺重き子の車椅子押しつつ

不治の子を育ててこもる我の日に
　親しき友もしだいに疎し

抱きしめてもの言へぬ娘に聞かせおく
　明日は施設に帰るといふこと

「宝物」と麻痺の娘を抱きし後
　静かに哀しみ湧き上がりきぬ

障害を負ふ吾子二人、弟は
　姉の車椅子をすいすいと押す

恋知らず紅ひくことも知らぬまま
　娘は五十五歳施設に生きる

生み直してやりたしと思ふ二人子は
　病癒えずに五十路を生きる

ひた生きよとわが育てしが麻痺の子は
豊かに笑ひ夜叉のごと怒る

癒ゆるなき二人の子を詠むわが歌の
暗く切なしされどよみつぐ

ふとん干しシーツ取り替へ施設より
帰り来る子の居場所とと̄のふ

虫籠のごときベッドに常臥する
子に「死のうか」と言へば泣き笑い見す

癒ゆるなき二人子の先《さき》いましばし
　見きはめたきゆえ生きむと思ふ

日曜の面会を続け三十年
　麻痺の娘の髪念入りに梳く

障害を負ふ二人子を執拗に
　叱りしことを思ひ眠れず

十度余の開頭手術を受けし後
　子は介護士となり寡黙に働く

こんもりと刈り込まれたる沈丁の
　側に坐りてくり言をいふ

緊急の開頭手術受くる息子《こ》は
　あはれ木偶《でく》のごと眠りてをりぬ

コロニーに臥す麻痺の娘にさりげなく
　終の日のこと言ひ聞かせをく

重き麻痺もつ娘の深き目の色を
　心のよりどとして生きてきし

残しゆく二人子の先すべもなし
　歌に僅かの祈りを込めむ

障害を個性と言ふは諾《うべ》なへず
　二人子育てぬ火宅のわれは

いたずらも我ままもなく臥せる子と
　共に生ききし二十年の月日

【日々を詠む】

ふたり子の四つの眼に生きざまを
問はれ続けて八十五となりぬ

銀杏舞ひ降りしきる夕願ひごと
ひとつ唱えて坂の道ゆく

耳遠く目昏《くら》き犬と寄りそひて
夕星仰ぐ幸せもあり

溜め息は心を放つと聞きしゆえ
　米を研ぎつつ大き息吐く

利休《りきゅう》ねずみ、浅葱《あさぎ》、鴇《とき》とふ日本色
　半襟指しつつ祖母は教へし

片隅に置かれし椅子の背にもたれ
　百日紅《さるすべり》揺るるを今年も見をり

狷介になりて老いゆくわが夫を
　慣れ受け入れて歌詠みてをり

こし方の様々のこと諾《うべな》ひて
夜風に撓《しな》る百日紅《さるすべり》みてをり

老眼鏡と天眼鏡を持ちさらに
日向に出でて広辞苑引く

あぢさゐに煙るがごとく雨降りて
一人昼餉の茶粥炊きをり

飛鳥の里の棚田の畦に風立ちて
彼岸花緋色の波のごと見ゆ

病負う二人子を看る年月の
　朝な朝なに紅うすく引く

二人子を抱きて死なむと思ひしは
　奥処に封じ五十年経し

下降線辿りゆく身に逆らひて
　夕映への坂ペダル漕ぎゆく

雨止みて狭庭《さにわ》に真白きあぢさゐは
　こんもり群れ咲くわが生まれ月

常臥する子の窓の辺の綿雲を
「美しいね」と指して仰げり

青畳の座敷に百寿の祖母おはす
紫色の被布をまとひて

癒ゆるなき二人子の歌日毎詠む
歌はわたしの祈りなるゆゑ

つづまりは置き去りゆかなむ二人子に
ながながと詫びは書けず語れず

亡き母が口ずさみゐし「青葉の笛」
今宵息子の居間より流れ来

念ずれど祈れどとどかぬむなしかり
百日紅揺らし風すぎてゆく

耳遠く目昏《くら》き犬は佇みて
空の匂ひをしきりかぎをり

長き石段登りつめれば目の限り
夕茜射す夫生《つまあ》れし町

祖母の郷滔々《とうとう》と木曽川流れゐて
背泳ぎ覚へし八歳の夏

確執の日は遥かなり父母よりも
なほなつかしく姑《はは》思ひ出づ

我が代で終わる家系と決めし日の
高野参道雪降りしきる

吹雪くとはかくも烈しきものなるか
舞い散る花に佇みてをり

際立ちて明るき弓張り仰ぎみる
　肋骨四本折りし日の昏《く》れ

亡き母の「大好き」と言ひし沈丁の
　香りむせきて涙となりぬ

丹精のビードロのごとき南天を
　白磁に活けぬつごもりの夕

捻挫して癒へぬ不自由をかこつとき
　起てずしゃべれぬ娘の一生思ふ

百日紅風に大きく撓《たわ》むとき
　肩肘張りて生き来しと思ふ

勲章も褒美も縁なき文化の日
　くりやに立ちて歌二首を詠む

ワイン色の炬燵布團を購ひて
　ペタル漕ぎゆく夕映えの中へ

憂きことの三つ四つは何ほどと
　彼岸花燃ゆる畦をゆくなり

濁浪は逆立ち渦巻き千軒の
家を呑み込み轟き登る
（東日本大震災に寄せて）

大津波地震《なゐ》に耐へゐる北国の
人々はみなもの静かなり
（東日本大震災に寄せて）

三階の窓より見ゆる大和川
頬杖つきて眺めし遠き日

団欒の母の声音がよみがえる
からんと空しき座敷に佇てば

非才とふ言葉脳裡をかすめゆき
歌浮かび来ずペン持ちしまま

父の手に引かれてゆきし父の郷《さと》
濃尾平野はひた緑なり

前《さき》を歩む少年の持つ土の鈴
幽かに鳴りて遍路道ゆく

びーどろの如き真紅の南天を
グラスに活けて勲章とする

十七年家族となりて老犬は
置き物のごと眠る定位置に

看とりなる一生《ひとよ》なれども文を書き
歌詠み飯炊く平穏もあり

浴室の白きタイルをかけ上がる
ごきぶり発止と掌で打ち落とす

娘の車椅子制御できなくなるまでに
老いはいよいよ深くなりゆく

春陽射すリビングルームに日除帽《サンバイザー》
　かぶりて炊事す皮膚癌ののち

沈丁の香気流るる夜の狭庭《さにわ》
　わがため息はここに来てつく

亡き夫をさばさば話し七十歳にて
　解放されしと朗らかに言ふ

玄冬の一生《ひとよ》を生きし父母は
　老ひの哀しさ言はずに逝きぬ

敗戦のあとさきわずかに知るわれに
　「火垂るの墓」はしみじみ悲し

わが好む南天の実は赫々と
　耀《かがよ》ひ照りぬ朝の狭庭《さにわ》に

病むおさな二人残して夜間教室へ
　着つけ教へむとペダルふみゆく

明かすことなき悲しみを内に秘め
　女童のごと母笑みたまう

肩ひじを張りて生きいる我の性
一人めざめて闇に鳴咽す

業ふかき宿命と思ふ不治の子の
盗汗《ねあせ》ふきいて寝がたき夜

見舞くれし友を送りてほつつりと
犬になりたしとつぶやく吾子は

癒ゆることなき吾娘のため幾年を
お百度踏みつぎくれたりし母よ

介護終え帰り来し子は眼をつむり
　微動だにせずショパン聴きをり

沈丁花やぶ椿の花咲きみちて
　町家の狭庭にひよ鳥遊ぶ

凛として向正面に座りゐし
　和服姿の美しき人

五十五年常臥する娘が垣間見する
　微笑は神より賜りしもの

おわりに

息子は四十九歳で病気の再発がありました（脳水を流す人工管の機能不全のため）。十八歳で最終の手術をすませて、三十年以上も経って、です。

症例のない難手術を乗り越えて、今は介護士として勤めています。かかわってくださった主治医《せんせい》やすべての方々に感謝の日々です。

介護士は自分に与えられた仕事であり、大切な「役目」だと決めているらしく、二十数年間を一ヵ所の事業所で、仕事に必要な資格も取りながら寡黙に働いています。

休日は音楽を聴いたり、友人と逢ったり、一人旅に出たりしています。

また、息子にはちょっと不思議な特技、能力がありまして。

それは「鏡文字」が書けることです。鏡文字とは上下はそのままで左右を反転させた文字のことで、鏡に映すと正常な文字になり、鏡像文字とも逆文字、裏文字ともいうらしいです。かなりのスピードで書きます。私は珍しい一つの才能かもと思っていますが。親バカだと笑ってお許しください。

娘は五十六歳になりました。まるでホテルのような広々とした清潔な病室のベッドに横臥、起《た》つことはできませんが、車椅子で外出も散歩もします。プレイルームで大好きなグラビアの本を繰ってもいます。コロナ禍のため、頻繁に面会はできなくなりましたが、職員の皆さんに看守《みまも》られて笑顔が増え、穏やかな表情にもなってきました。
嬉しくもありがたいことです。
八十五歳、現役主婦の私ですが、心身の老化は日ごとに進んで、手抜き家事が多々。家族に不自由をかけました。とりわけ夫にはコピー取りに何回も走ってもらったことなど、三拝、九拝です。

なお、出版に当たっては、株式会社文芸社・出版企画部の阿部様はじめ、吉澤様、今井様、スタッフの方々には丁重なアドバイス、ご指導をいただき、ありがたいことと深謝し、お礼申し上げます。

令和五年十月　　　　著　者

合掌

著者プロフィール

船岡 英穂（ふなおか えいすい）

1938年6月生まれ　大阪市出身

大阪市在住

大切の人へ

2024年6月15日　初版第1刷発行

著　者　船岡 英穂

発行者　瓜谷 綱延

発行所　株式会社文芸社

〒160-0022　東京都新宿区新宿1－10－1

電話　03-5369-3060（代表）

03-5369-2299（販売）

印刷所　図書印刷株式会社

ISBN978-4-286-24568-3